FUITE

Bastien Delesalle

FUITE

Éditions NO MAD'S LAND

Du même auteur

En autoédition

Fuite
Le virage
(Re)naissance d'un nomade

Raison sociale NO MAD'S LAND
214 rue du Premier Mai - 62880 Vendin-le-Vieil

Site Internet :
https://bastiendelesalle.com

Certifié papier PEFC
Imprimé à la demande
ISBN : 978-2-9574709-9-0
Dépôt légal : Novembre 2024

À Jean-Marie CADOR, le plus grand amoureux de bicyclette que je connaisse, qui, dans un wagon-bar du train Le Mans-Paris, m'a transmis sa passion pour le maniement de la plume. Après dix ans de soutien, il a su trouver les mots pour me donner le courage de me lancer dans l'enivrante aventure de l'écriture.

Prologue

Tout avait commencé un jour de pluie. Je pédalais à travers l'une de ces interminables forêts suédoises et des trombes d'eau s'abattaient sur moi depuis que j'avais remballé ma tente au petit matin. Ma veste étanche ne l'était plus depuis des heures et les pores de ma peau semblaient eux aussi avoir abdiqué. J'étais trempé jusqu'aux os en arrivant dans la petite ville de Vihelmina, une bourgade à taille humaine comme je les aime tant.

Vélo appuyé contre la façade rouge de l'office de tourisme, j'hésitai à m'aventurer à l'intérieur tant mes vêtements dégoulinaient. À l'instant où je franchis le pas de la porte, le silence envahit la grande salle où quelques touristes feuilletaient des brochures vantant la beauté du pays. Planté sur un grand paillasson, sans un mot, je croisai un à un les regards figés sur moi. Le temps s'était arrêté.

La Scandinavie, parmi ses nombreux atouts, en a un que j'apprécie particulièrement : ses habitants aiment leur nature avec passion. Partout, ils ont construit des abris en rondins de bois, nommés *Vindskydd* pour la version suédoise, qui leur permettent de pratiquer des activités de plein air, en toute saison. Publics et nombreux, ils amélioraient mon confort, même si je voyageais déjà avec une tente de bonne qualité. Ce jour-là, une fois de plus, je ne doutais pas d'en trouver un et, au vu de la météo, je n'envisageais de toute façon pas d'autre option. Au centre d'informations touristiques, qui venait de reprendre le cours de ses activités, on m'orienta vers la lisière de la ville, sur les rives de l'immense lac Volgsjön qui la bordait.

L'abri que je découvris était décevant. Pas aussi bien conçu qu'à l'accoutumée, il me protégeait mal, et de la pluie, et du vent. Pourtant, je ne pouvais pas me plaindre d'avoir un toit, même de fortune, au-dessus de la tête. J'enfilai des vêtements secs sans attendre pour éviter de tomber malade.

Un chien approcha. Un gros chien. Je n'aime pas les chiens qui s'intéressent à moi de trop près. Collé à la paroi, sans échappatoire, je ne quittais pas des yeux la bête immobile qui me fixait elle aussi et je me sentais piégé. Je pestais au fond de moi contre celui qui était incapable de contrôler l'animal. Son maître entra dans mon champ de vision tout sourire, mais le visage du vieil homme changea d'expression en découvrant mon état pitoyable. Je grelottais de froid.

— C'est pas un temps pour rester ici, lança-t-il.

— Parce que vous trouvez que c'est un temps pour promener son chien ? répondis-je du tac au tac en riant, détendu qu'il ait rappelé le Rottweiler à l'ordre.

— Allez, ramasse vite tout ça, dit-il en désignant mon matériel au sol, et rejoins-moi à ma voiture, je vais te trouver un meilleur endroit.

Je ne me fis pas prier pour ranger toutes les affaires que je venais de déballer, car, même si je ne savais pas où cet homme allait m'emmener, il lui aurait été difficile d'aggraver ma situation. La probabilité que quelqu'un vienne me sortir d'ici était infime et je ne pouvais pas rater cette occasion en or. Non sans frémir, j'enfilai de nouveau mes vêtements glacés et rejoignis l'inconnu, en n'essayant même plus d'éviter les gouttes. Il pleuvait des cordes. Je pédalais derrière la vieille voiture blanche et le chien, installé dans le coffre, me maudissait du regard : j'avais écourté sa balade.

Nous arrivâmes rapidement dans le jardin d'une immense bâtisse et j'abandonnai mon vélo sous la pluie pour me réfugier à l'intérieur. Cette fois-ci, j'étais vraiment au sec. Le voyage a cette capacité incroyable de renverser des situations désespérées en une fraction de seconde, de passer de l'enfer au paradis, ou l'inverse. De vraies montagnes russes émotionnelles.

Dans le porche où il me fit me déshabiller, Gunnar, attentionné mais direct, m'expliqua sans attendre :

— Je vis au premier étage. Tout le rez-de-chaussée est pour toi. Il y a cinq chambres, tu n'as qu'à choisir celle que tu préfères.

Un ange semblait être tombé du ciel pour me secourir.

Dix minutes plus tard, je chantonnais avec gaieté sous la douche. J'étais un nouvel homme quand je réapparus dans le vaste salon où mon sauveur m'attendait en sirotant son café. Il reprit sans transition :

— J'ai oublié de te dire, demain je pars rejoindre ma femme dans notre maison de campagne. C'est assez loin et je ne reviendrai pas ici avant plusieurs semaines. Voici les clés de la maison, fit-il en ouvrant la paume de sa main. Tu peux rester autant de temps que tu le souhaites, ferme en partant et dépose le trousseau dans la boîte aux lettres.

Puis il s'éclipsa sans me laisser le temps de le remercier. J'avais rencontré un ange, cela ne faisait plus aucun doute.

Mon enthousiasme fut de courte durée. J'avais pris froid et d'incessantes quintes de toux avaient perturbé mon sommeil. Pire, j'étais inquiet. Chaque râle exerçait une pression anormale sur mon bas-ventre. Au petit matin, je découvris un léger gonflement au niveau de mon aine droite. Cela n'augurait rien de bon.

Je me dirigeai sans plus attendre vers le petit hôpital de la ville. Il était vide. Pas de médecin de garde. Seules deux infirmières constituaient le service d'urgences qui n'en était pas un. Elles me laissèrent le choix : soit me rendre à la clinique la plus proche, à quatre-vingt-cinq kilomètres dans une direction opposée à mon itinéraire ; soit poursuivre ma route sur laquelle, après deux cent trente kilomètres, un grand centre hospitalier pourrait m'accueillir. Choix cornélien. N'étant pas à l'agonie et n'aimant pas les détours « inutiles », j'avais sans grande surprise choisi de ne pas dévier de mon chemin. Après quatre jours de vélo, je rencontrai enfin un médecin.

Celui-ci diagnostiqua une hernie inguinale, problème assez courant qui ne m'empêcherait pas de pédaler, d'après lui. J'insistai sur mon mode de vie, le poids de mon vélo et les efforts à fournir pour le faire avancer — éléments qu'il sous-estimait à mon avis —, mais il confirma que je pouvais continuer de rouler tant que je ne ressentais aucune douleur. Il ajouta que si cela finissait par arriver, dans ce cas, je devrais courir à l'hôpital car l'enjeu pouvait devenir vital.

Pendant les six mois qui suivirent, je ne changeai rien à ma manière de faire et l'aventure continua. Je quittai la Scandinavie, traversai sans traîner les pays baltes et la Pologne, découvris de nouvelles montagnes en Slovaquie, franchis in extremis les Alpes suisses et autrichiennes avant l'arrivée de l'hiver, flânai sur les magnifiques îles italiennes, explorai Malte, ce petit caillou posé sur l'eau, retrouvai l'Albanie dont j'étais tombé amoureux quelques années plus tôt, et je finis par m'enneiger au nord de la Grèce avant de partir me réfugier au soleil, à Chypre. Au fil des obstacles, la hernie avait gonflé sans pour autant me faire souffrir. Je m'y étais habitué.

Afin d'être plus mobile pour aller à la rencontre des Chypriotes, je troquai mon vélo pour l'auto-stop le temps de quelques semaines. Mais, tant la marche que le lourd sac à dos que je portais entraînèrent des conséquences néfastes sur ma santé. La pression sur ma hernie s'était intensifiée. À mon retour sur le sol grec, une douleur intense me fit frémir pour la première fois. Je récupérai mon vélo là où je l'avais laissé et repris la route : le statut de nomade que j'avais choisi m'y obligeait et je l'assumais.

Je savais un difficile col de montagne imminent. Je l'avais pointé sur la carte comme le test ultime, celui qui scellerait mon avenir. Alors que je roulais, isolé sur une ancienne route nationale, la réponse ne se fit pas attendre.

Dès le début de la montée, je connaissais le verdict. Très vite, à cause de la douleur et par mesure de précaution, je décidai d'arrêter de pédaler et poussai ma monture entre les plaques de neige, avec calme. Les vingt-quatre kilomètres d'ascension me parurent interminables. Aucune voiture ne passait par là et je croisais les doigts pour réussir à consulter un médecin avant que mon état ne s'aggrave.

Quand enfin je trouvai un hôpital de campagne, épuisé et frigorifié à cause de l'altitude et du vent hivernal glacial, la sentence tomba dans la minute : l'opération d'urgence était impérative. Mon assurance prit la décision de me transférer par taxi dans une clinique privée et me renvoya à Thessalonique, d'où je venais. Le chauffeur chargea, comme il put, mon vélo et le reste de mon équipement dans le coffre. En chemin, j'eus l'idée de confier toutes mes affaires — ma précieuse bicyclette comprise — à une famille grecque que j'avais rencontrée quelques semaines plus tôt. Puis, l'opération eut lieu sans attendre.

Ma famille, toujours inquiète de me savoir sur la route même après neuf ans de vie nomade, attendait, soucieuse, que mon assurance organise mon rapatriement. Celui-ci eut lieu après trois jours d'hospitalisation. Un avion, dans lequel je voyageai en *Business Class*, me ramena à Bruxelles où une ambulance m'attendait pour me déposer dans le nord de la France, en pleine nuit, sur le pas de la porte de la maison de mes parents. Malgré les circonstances, nous étions tous heureux de nous retrouver : cela faisait trois ans que nous ne nous étions pas vus.

Depuis mon dernier passage dans ma région natale, la famille s'était agrandie. Les neveux et nièces en bas âge, qui ne m'avaient jamais vu, mirent un peu de temps à s'habituer à leur nouveau tonton, tandis que les plus grands furent fous de joie de me retrouver. Deuxième de la fratrie, je recevais régulièrement la visite de mes quatre frère et sœurs, et tout le monde était ravi, à un détail près : pour moi, la convalescence était longue — cinq mois au total — car j'avais dû subir une seconde chirurgie pour le même problème, mais du côté opposé. J'étais resté chez mes parents plus longtemps que prévu, sans avoir le droit de faire quoi que ce soit. J'étais comme un lion en cage.

Enfin autorisé par mon chirurgien à enfourcher ma bicyclette, je trépignais d'impatience de reprendre la route. Juillet débutait. J'avais estimé ce mois trop chaud pour pédaler en Grèce, où mon vélo et mon matériel se trouvaient toujours. Pourtant, drogué à la liberté, j'avais cet insatiable besoin de voyager à satisfaire. Je restaurai à la hâte un énième vélo sauvé de la décharge, ressortis la tente de mes débuts et repris mon exploration du Vieux Continent, en me dirigeant vers l'Irlande où je n'avais jamais roulé. Depuis six ans, je pédalais avec l'envie de découvrir tous les pays d'Europe. À trente-cinq ans, je touchais presque au but.

Depuis que, une fois de plus, j'avais dit au revoir à ma famille, j'avais déjà avalé quatre mille kilomètres d'asphalte et l'été commençait à laisser place à l'automne. Plus d'un an s'était écoulé depuis ce jour en Suède où le vieil homme providentiel m'avait secouru sous la pluie. Mes ennuis de santé n'étaient plus qu'un lointain souvenir et je me trouvais là, au beau milieu des îles Britanniques réputées pour leur météo capricieuse. Je m'y étais aventuré en connaissance de cause avec du matériel médiocre, dont une vieille tente de quinze ans d'âge qui avait depuis bien longtemps perdu ses qualités d'étanchéité.

Jour 1

La maison vide

Septembre avait été radieux. L'été indien, en plus de m'avoir réchauffé le corps et l'âme, avait magnifié les falaises déchirées de la côte est irlandaise. Le massif des Sperrins aux douces collines boisées était, lui aussi, venu égayer mes journées, me faisant autant transpirer dans les montées que les descentes m'avaient grisé. L'océan, les montagnes, les lacs et les rivières m'avaient enchanté de leurs couleurs éclatantes.

Mais quelque chose venait de changer et nous étions unanimes : mon baromètre naturel — que j'avais affûté au fil des années de voyage —, les prévisions météo et bien sûr les Irlandais annonçaient la nouvelle saison. Elle arrivait à grands pas. La forte humidité matinale en était le premier signe. Bientôt, la pluie tomberait à l'horizontale, poussée par les vents puissants venus de l'Atlantique Nord. Rien n'aurait plus la même saveur. L'automne précoce sonnait le glas de l'émerveillement.

J'avais été bien inspiré d'installer mon campement à l'abri d'un bosquet. Peu touffu, il m'abritait malgré tout à la perfection de la tempête qui s'était levée au cours de la nuit. J'avais eu de la chance de ne pas m'être envolé pendant mon sommeil, le sol ultra-pierreux m'ayant empêché de planter mes sardines de piètre qualité. Elles s'étaient toutes tordues, voire cassées, sous les coups de pierre avec laquelle je les avais pourtant martelées délicatement. Comment allais-je bien pouvoir réinstaller ma tente le soir venu ? Je me le demandais bien.

Sans grande motivation, je me remis en selle sous la grisaille. Le vent soufflait de face, évidemment. Il existe une règle bien connue chez les cyclistes, que certains osent nommer la « loi de l'emmerdement maximum », qui dit qu'il suffit de faire demi-tour pour que le vent lui aussi change de direction. Je ne l'ai jamais vérifiée, bien trop déterminé pour tourner le dos aux difficultés. Ce que je savais en revanche avec certitude, c'est que celui qui n'a jamais fait de vélo ne connaît pas ce désespoir envahissant de mouliner le vent dans le nez sans se voir avancer et de devoir pédaler dans les descentes pour progresser à la vitesse de 8 km/h... Il y a des jours où il vaudrait mieux rester coucher.

J'avais malgré tout décidé de rouler et les nuages noircissaient plus vite que les kilomètres ne défilaient. Pas une ville, à peine un village. Encore moins d'êtres humains à l'horizon. Rien. Aucune distraction en somme. J'aurais aimé pouvoir admirer la campagne vallonnée, mais la météo m'en coupait toute envie. De toute façon, la pluie qui venait de faire son apparition réduisait la visibilité à néant. De plus, les gouttes d'eau sur mes lunettes, ainsi que la buée qui s'y formait quand je m'arrêtais, venaient encore ternir le paysage. Et si, par malheur, je m'aventurais à les ôter de mon nez, tout ce que j'observais au loin devenait flou. Quel intérêt ?

Dans cette ambiance maussade, alors que je n'avais pas encore parcouru quarante kilomètres, j'avais déjà envie de m'arrêter. Les précipitations qui redoublaient m'y incitaient d'autant plus.

Je rêvassais à d'autres horizons pour tenter d'ensoleiller ma journée sur une route ennuyante, tout en cherchant du coin de l'œil un abri exploitable. Les mois de voyage précédents m'avaient démontré que, dans ces conditions, il n'était pas envisageable d'essayer de planter la vieille tente que j'avais emportée, sauf à vouloir passer la nuit dans l'eau. Dormir dans une piscine ne me disait rien de bon, je ne sais pas bien nager. J'étais condamné à rouler tant que je ne trouverais pas refuge quelque part. Une averse plus violente que les autres me fit sprinter jusqu'au prochain village. Je n'avais plus qu'une seule envie : être au sec.

Je m'étais jeté sous le premier abri que j'avais aperçu, un garage automobile. Le patron téléphonait dans son bureau en m'observant, intrigué. Je lui montrai de loin mes bouteilles vides. Il m'orienta vers le robinet d'un geste de la main. J'ai toujours été fasciné par cette capacité humaine à communiquer sans un mot. Je pratique la chose au quotidien à l'étranger depuis de nombreuses années.

L'analyse de ma carte m'avait indiqué que le prochain hameau était trop loin pour que j'eusse envie de l'atteindre. Il ne me restait plus qu'à trouver où dormir, mais rien ne m'inspirait dans cette petite localité où, là encore, je ne croisais pas âme qui vive. Qui voudrait mettre le nez dehors par un temps pareil ? Pas même un Irlandais. La sortie du village s'amorçait déjà. Je m'engageai de nouveau dans une campagne déserte.

Soudain, comme sortie de nulle part, une salle de *Céilí* — style de danses traditionnelles irlandaises — était apparue dans mon champ de vision. Sa façade colorée illuminait toute la noirceur du jour.

Je roulai tambour battant vers l'homme qui était sorti en courant de sa voiture, une petite caisse à la main. Il tentait sans succès d'ouvrir la porte du bâtiment en s'efforçant de maintenir à la verticale le parapluie qu'il avait bloqué entre ses dents. Quant à moi, je ne prêtais plus attention aux seaux d'eau que le ciel me déversait sur la tête.

— Bonjour monsieur, êtes-vous le propriétaire des lieux ? Je cherche un endroit où dormir. Pensez-vous qu'il soit possible que je passe la nuit à l'intérieur ? lançai-je sans détour ni grand espoir d'une réponse positive.

Il m'était tellement facile de me faire comprendre dans ce pays anglophone que cela augmentait mes chances, mais l'homme me répondit négativement.

— Désolé, je ne suis que l'électricien.

Et il disparut derrière la porte.

Dépité, je me rassis sur le vélo, pataugeant dans mes chaussures. Je me sentais seul au monde quand LA question surgit pour me hanter l'esprit : pourquoi je fais ça ? Ce n'était pourtant ni le moment de me morfondre ni celui de rêvasser, mais j'étais assommé, pensif. Une seule chose me réconfortait en cet instant : la douce odeur qui me flattait les narines, celle de l'asphalte mouillé. L'averse était en train de s'arrêter.

En relevant la tête, j'aperçus de l'autre côté de la route la silhouette d'une ancienne gare. Effrayante. Elle semblait courber l'échine sous le poids des ans. Les peintures, qui d'antan devaient la mettre en valeur, n'étaient plus qu'un lointain souvenir. La rouille comme le lierre avaient envahi la façade. Elle ne m'attirait guère, mais, par le passé, ce type de bâtiment abandonné m'avait plus d'une fois sorti de situations compliquées : un mauvais abri vaut mieux que pas d'abri du tout. Je m'approchai et découvris des accès scellés à la perfection.

Ce déplacement avait modifié mon angle de vue et un vieux corps de ferme m'était apparu derrière une rangée d'arbres. Il semblait en bon état. Habité. La cheminée fumait. Je remontai la large allée pour frapper à l'épaisse porte de bois qui me renvoya un bruit sourd. L'attente fut longue mais Franck finit par ouvrir.

— Bonjour monsieur. Je m'appelle Bastien et je voyage à vélo, comme vous pouvez le constater. Je cherche un endroit où dormir vu que la météo est exécrable. Croyez-vous que je pourrais faire halte sous ce bâtiment ce soir ? lui demandai-je en désignant du doigt la gare désaffectée.

— Je pense que ça va être compliqué. C'est moi qui ai les clés, mais je n'ai pas le droit de te laisser y entrer.

— Je comprends. Dans ce cas, sauriez-vous où je pourrais passer la nuit à l'abri dans les environs ? poursuivis-je avec subtilité alors que j'avais déjà ciblé le grand hangar qui se trouvait dans sa cour.

Il me posa quelques questions sur mon voyage, soit par curiosité, soit pour avoir le temps d'appréhender ma personnalité et de juger si j'étais digne de confiance, puis dit :

— Attends-moi là une minute, je reviens.

Cela me sembla être un bon signe, d'autant qu'il réapparut vite dans l'entrebâillement de la porte et entreprit de descendre les quelques marches du perron en me tendant la main. Franck avait la démarche sympathique, calme. Il me dépassait d'une tête, ce qui n'est pas très difficile du haut de mon petit mètre soixante-dix.

— Quel temps aujourd'hui ! Tu n'as pas eu trop froid sur ton vélo ? Ils ont prévu de la pluie comme ça toute la semaine. Ce n'est pas la meilleure période pour voyager en Irlande du Nord.

— Je sais, mais si j'avais attendu d'être sûr qu'il fasse beau pour visiter votre pays, je n'aurais jamais pris la décision de venir.

— C'est vrai, s'exclama-t-il en riant aux éclats avant d'enchaîner avec solennité. La maison de ma mère vient tout juste d'être rénovée ; si tu veux, tu peux y passer la nuit. Il n'y a pas de chauffage, mais au moins tu seras au sec. Il y a un grand entrepôt juste à côté où tu peux laisser ton vélo en toute sécurité. Je suppose que tu y tiens. La criminalité est inexistante dans les environs, mais je peux fermer la porte à clé durant la nuit si tu le souhaites. Viens, je vais te faire visiter tout ça.

J'étais encore dehors, dans l'humidité et l'âpreté du vent glacial, pourtant ses mots, à la fois simples et emplis d'humanité, m'avaient réchauffé le cœur. En quelques phrases, Franck venait de me prouver qu'il avait sincèrement essayé de se mettre à ma place, et il y était parvenu.

Il me fit visiter le grand hangar en me parlant de ses défunts parents — d'anciens agriculteurs dont il avait pris la relève — et me raconta l'histoire des carrioles à chevaux rongées par les ans dont il avait hérité. Il vivait seul dans l'ancien corps de ferme qu'il avait réaménagé et y coulait des jours paisibles en attendant la retraite. Le logement où il me proposa de passer la nuit était vide depuis le décès de sa mère. C'était une confortable maison sur deux étages. Les façades avaient été repeintes en blanc, tandis qu'à l'intérieur, le parquet d'époque du salon avait été conservé et les moquettes des couloirs et des chambres fraîchement nettoyées. La cuisine avait aussi été modernisée et l'odeur de peinture n'avait pas encore totalement disparu. Solitaire et discret, Franck m'expliqua tout ce que j'avais besoin de savoir avant de s'éclipser avec courtoisie, pour me laisser me reposer.

Dans la cuisine vide et flambant neuve, une bouilloire s'ennuyait seule sur le plan de travail. Je l'actionnai sans attendre. Deux minutes plus tard, après avoir pris le soin d'enfiler des vêtements secs, je buvais un café chaud. Gunnar, mon ange gardien de cette fameuse journée suédoise, me revint à l'esprit.

Je disposais d'une maison pour moi tout seul, d'une

table et d'une chaise pour écrire sans me casser le dos, de la lumière pour m'éclairer jusqu'au bout de la nuit, d'un plan de travail pour cuisiner. Tout paraissait maintenant si facile que j'aurais dû exulter. Pourtant, la mauvaise météo apparue dans la journée m'avait épuisé et je profitai peu du confort qui m'avait été octroyé. Après un rapide dîner, je déroulai mon matelas sur la moelleuse moquette du rez-de-chaussée et m'y allongeai.

Si je trouvais tous les soirs un endroit comme celui-ci, la semaine de pluie que Franck m'avait annoncée allait passer plutôt vite, pensai-je en m'enfonçant dans le sommeil.

Jour 2

L'atelier de fleuriste

Une énergie positive inhabituelle m'emplissait. L'espace-temps semblait s'être figé. Le vent avait disparu. Les gouttes d'eau ne semblaient plus réussir à atteindre le sol, comme suspendues entre ma tête et les nuages. J'avais l'impression que l'air lui-même s'était raréfié.

J'enchaînais les kilomètres sur une route nationale déserte et le vélo répondait à la moindre pression que j'exerçais sur les pédales, ce qui n'était pas tous les jours le cas. Sans tente à replier, j'étais parti tôt et je traversais l'air frais à grande vitesse. Une timide pluie fit son apparition.

Dès mon entrée en ville, je fus happé par un *food-festival,* marché typique dont les Britanniques raffolent et où les artisans locaux proposent leurs préparations culinaires. Depuis que j'avais mis le vélo au centre de ma vie, j'avais l'impression d'avoir développé un nouveau sens de l'orientation qui me magnétisait vers la nourriture.

Je me baladais entre les étals et chaque vendeur dont je croisais le regard me tendait un plateau empli de délices sucrés. Tartes, muffins, chocolats, marmelades… Le petit chapiteau s'illuminait sous un arc-en-ciel de colorants artificiels auxquels je ne pouvais plus résister. Je goûtais tout, feignant d'avoir l'air gêné de jouer les pique-assiettes, alors qu'en réalité je me goinfrais. La journée ne pouvait pas mieux commencer.

En sortant, le choc brutal d'une pluie drue m'obligea à baisser le regard sur mes chaussures pour garder au sec les verres de mes lunettes que je tentais de protéger sous la visière de ma casquette. Une fois en selle, je ne relevais la tête que pour chercher ma direction et sortir de la ville, puis sur les routes de campagne, afin de m'informer des distances indiquées sur les panneaux qui bordaient la chaussée. J'avais l'impression de ne pas avancer. Il faut dire qu'un mile[1] passe moins vite qu'un kilomètre.

Je roulais sans autre but que d'accomplir ma distance journalière habituelle — aux alentours de trente miles, soit cinquante kilomètres —, sans prendre le temps d'apprécier ce qui se déroulait autour de moi. Il ne se passait pas grand-chose en réalité. Sur une route plate et sans difficulté, les distractions étaient rares et, vu la météo, je ne voyais aucun intérêt à m'octroyer des temps de pause.

À quatorze heures, sous une grosse ondée, j'étais déjà en quête d'un lieu pour passer la nuit. Je me disais que chaque soirée au sec serait une petite victoire qui me permettrait de repartir optimiste le matin avec l'espoir d'un retour du soleil. Il finissait toujours par revenir, je le savais.

1. Un mile = 1,609344 kilomètre.

Pourtant inventif pour trouver des lieux où dormir au sec, j'avais constaté combien ma tâche n'allait pas être facile, cette fois. Maisons abandonnées ou en construction et abris publics ne semblaient pas exister au Royaume-Uni. Dans ces contrées humides, sans tente, je n'avais pour le moment entrevu aucune autre solution que celle de me faire héberger par la population. J'espérais au moins que cela me permettrait de faire de belles rencontres.

Mes recherches commencèrent en ralentissant à l'approche des rares maisons qui m'inspiraient. Elles étaient parsemées çà et là dans la campagne. Je cherchais à entrer en contact visuel avec n'importe qui : un jardinier dans son potager ou un frileux se ravitaillant en bois pour la cheminée, mais, de toute évidence, la pluie m'isolait. Personne n'osait s'aventurer dehors et j'allais devoir taper aux portes.

En m'enfonçant dans les petits chemins où l'asphalte disparaissait, j'espérais trouver une exploitation agricole qui posséderait une grange en pas trop mauvais état. Mais, en lieu et place d'une ferme chaleureuse et accueillante, je tombais souvent sur des barrières closes. Quand, de temps à autre, je parvenais à pénétrer dans une propriété, mon accoutrement de vagabond détrempé, ma barbe de plus d'un mois et mes longs cheveux ébouriffés, symbole de ma liberté, semblaient effrayer les habitants des maisons auxquelles je sonnais.

D'échec en échec, les kilomètres défilaient et me rapprochaient de la route trop fréquentée que je redoutais, celle qui menait à la ville. Par expérience, après avoir pédalé dans plus d'une quarantaine de pays, je me disais que la probabilité de trouver un hébergement sur cet axe fréquenté se réduirait comme peau de chagrin. La pluie redoublait, la quantité de voitures et leur allure augmentaient. J'étais un peu désemparé.

Le premier portail ouvert ne me fit pas hésiter un seul instant. Je me jetai dans l'interminable allée d'un immense corps de ferme restauré. Il avait fière allure. L'eau ruisselait sur l'asphalte plus noir qu'une nuit sans lune et aussi lisse que du marbre poli. Un carré de pelouse circulaire se trouvait piégé au centre de la cour et un grand pin m'offrit un peu de répit, me protégeant de l'averse qui semblait ne jamais vouloir s'arrêter.

J'avançai vers la maison dont la large façade était percée, sur deux étages, de nombreuses fenêtres. Aucune d'entre elles ne laissait transparaître de lumière. Je n'aperçus pas de voiture. Les lieux semblaient déserts. Je rôdai pour les analyser en détail en espérant ne pas être épié.

Même sous la grisaille, le jardin était splendide. Des parterres agencés à la perfection ornaient l'espace de manière théâtrale, malgré les nombreuses fleurs flétries en cette saison. Sur de petites ardoises, tantôt plantées dans la terre, tantôt accrochées aux branches, tantôt posées sur des chaises colorées, étaient inscrits des mots doux et des messages d'amour disséminés de-ci de-là par l'artiste. L'atmosphère poétique et envoûtante me donnait des frissons, à moins que je ne fusse en train de prendre froid. Si le soleil avait été de la partie, je me serais volontiers allongé dans l'herbe grasse tondue avec minutie — c'est quasi une religion au Royaume-Uni — pour profiter de la sérénité des lieux. Cet endroit m'inspirait.

En approchant de la porte d'entrée, une ultime découverte me fit prendre conscience que je n'étais pas arrivé ici par hasard. Sur une énième ardoise, je découvris ce message : « *Il n'y a pas de fleurs sans pluie* ». Ces mots semblaient avoir été écrits pour moi. Je sentais que le destin m'avait guidé ici pour y passer la nuit. En tout cas, j'allais tout faire pour. Je frappai fort et à plusieurs reprises sur l'épaisse porte de bois. Pas de réponse.

L'espoir ne me quitta pas pour autant et je décidai d'attendre un peu. J'en profitai pour poursuivre mon exploration. De part et d'autre du bâtiment principal se trouvaient deux petites granges. Celle de gauche semblait en meilleur état et je m'en approchai pour découvrir un ultime écriteau qui indiquait : « *Les fleurs d'Anne* ».

Une voiture me fit sursauter en entrant dans la cour. Une dame blonde, dont les cheveux mi-longs étaient en bataille, sortit du véhicule en enfilant sa capuche. J'allai à sa rencontre.

— Vous êtes Anne ? lançai-je.

— Oui, c'est moi, mais comment le savez-vous ?

— L'écriteau sur la porte de l'atelier, dis-je, un rictus sur le visage, enchanté de mon effet.

Elle souriait alors que j'entamais mon discours. Je le voulais convaincant.

— Je vous cherchais parce que je suis en quête d'un

endroit où dormir. J'ai vu le portail ouvert, alors je me suis permis d'entrer et, maintenant que je vois votre grande maison, je me demande si vous n'auriez pas un petit espace à me prêter pour la nuit.

Surprise par ma demande, il lui fallut quelques secondes pour se ressaisir.

— Eh bien… il y a bien cette grange là-bas, mais ce n'est pas terrible. Je peux te montrer si tu veux, mais tu vas avoir froid là-dedans, regarde dans quel état tu es. En plus, tu dois être comme moi, rien que la peau sur les os et pas beaucoup de graisse pour te tenir chaud.

Elle avait raison : depuis toujours, ma famille ne cesse de me répéter que pour maigrir, il me faudrait perdre un os.

Je tentai de suivre son pas rapide et passai la tête dans l'encadrement de la porte qu'elle venait d'ouvrir. L'endroit était petit, sombre, poussiéreux, mais je me disais qu'à défaut d'autre chose, cela ferait bien l'affaire pour une nuit. L'averse puissante me poussait à envisager de faire pas mal de compromis sur le confort et la propreté de mes refuges.

— Sinon, il y a mon atelier de l'autre côté, reprit-elle instantanément, se rendant elle-même compte que me loger ici n'était pas la meilleure des idées. Mon chien y dort mais je peux le mettre ailleurs, ce n'est pas gênant.

— C'est comme vous voulez, je veux bien jeter un œil oui, ajoutai-je en dissimulant ma joie de voir qu'elle proposait une alternative… mais sinon, ici, ça fera très bien l'affaire, poursuivis-je plus par politesse qu'avec sincérité, croisant les doigts de ne pas avoir à rester dans ce bâtiment glauque.

— Viens, tu vas voir.

Toujours au pas de course — on aurait dit qu'elle bondissait comme une gazelle —, elle avança vers la grange où j'avais lu son prénom, poussa la porte et attrapa son chien sans ménagement par le collier.

— Prends son panier, on va le mettre en face.

J'exécutai les ordres de ce petit bout de femme énergique sans rechigner, courant derrière elle pour retraverser la cour en sens inverse.

— Qu'est-ce que tu en penses ? me demanda-t-elle une fois de retour dans l'atelier. C'est là que je fais mes fleurs, il y a de la lumière et même un petit réchaud électrique. Tu auras aussi les toilettes ici. Ça te plaît ?

J'avais les yeux écarquillés et restai sans voix. La pièce rayonnait.

— C'est parfait, acquiesçai-je en la remerciant mille fois.

— Super ! Va vite chercher ton vélo pour le mettre à l'intérieur et change-toi avant de tomber malade. Mets-toi à l'aise, je reviendrai tout à l'heure, j'ai un rendez-vous. Fais comme chez toi.

Dans la seconde suivante, la petite boule de nerfs filait à travers la cour, relevant la capuche de sa veste de pluie bleu flashy.

À peine plus petite que moi, Anne n'en était pas moins, à mes yeux, une femme haute en couleur. L'énergie qu'elle dégageait et sa personnalité, à la fois sensible, ouverte d'esprit, entreprenante, réactive et avenante, me plaisaient beaucoup. Et que dire de l'atelier ? J'étais tout simplement sous le charme de l'atmosphère colorée et des odeurs subtiles qui émanaient des fleurs fanées disposées dans de longs vases posés au sol.

Sans perdre une seconde, j'enfilai des vêtements secs, puis organisai les lieux pour m'abandonner à mon rituel du café après une journée de vélo. Je me sentais bien entre ces vieilles pierres repeintes à la chaux et sous les boiseries mises à nu. Je me détendais en repensant à ma journée sans voir le temps passer.

Anne fit une nouvelle apparition pour s'enquérir de mon bien-être. En guise de goûter, elle m'apportait des gourmandises accompagnées d'un thé aux effluves de fruits rouges. Elle avait empilé sur une assiette trois énormes *scones*, une pâtisserie d'origine écossaise très appréciée tant par les Britanniques que par moi, qu'elle avait pris soin de tartiner avec de la confiture de fraise, l'une de mes préférées.

Les questions qu'elle me posait fusaient et s'enchaînaient avant même que j'eusse pu répondre à l'une d'entre elles : « As-tu besoin de quelque chose en particulier ? D'où viens-tu ? N'as-tu pas trop froid ? Comment t'appelles-tu ? Veux-tu que je t'apporte un matelas ? Combien de kilomètres as-tu roulé aujourd'hui ? Veux-tu que je passe tes vêtements dans le sèche-linge ? » Je ne saurais dire si elle parlait plus vite qu'elle ne réfléchissait ou si c'était l'inverse ; quoi qu'il en soit, elle me promit de repasser plus tard dans la soirée avec un matelas qu'elle irait récupérer dans une des chambres du *Bed & Breakfast* qu'elle semblait diriger d'une main de maître. Je la rassurai sur le fait que tout allait bien et que je n'avais besoin de rien, en tentant de lui fournir aussi rapidement que possible la multitude d'informations qu'elle m'avait réclamées. Elle s'excusa de devoir repartir et je la priai de faire ce qu'elle avait à faire sans se préoccuper de moi. Même si ma présence ne semblait pas le moins du monde la déranger, j'étais un peu gêné de surcharger son emploi du temps qui paraissait déjà bien rempli.

Quelques heures plus tard, j'écrivais dans mon carnet de voyage lorsqu'elles réapparurent. Oui, réapparurent. La surprise fut double quand Anne, les bras chargés d'un matelas et de deux couvertures, entra accompagnée de sa sœur jumelle qui, elle, m'apportait un crumble servi avec sa boule de glace à la vanille. Toutes deux avaient ce sourire radieux que je connaissais déjà bien chez l'une, la même douceur dans leur regard aux yeux d'amandes et de la compassion dans les gestes, bien que ces derniers fussent saccadés. Anne numéro deux semblait néanmoins plus calme et moins bavarde. Il faut dire que sa sœur prenait beaucoup de place. Anne numéro un devait parler et dépenser de l'énergie pour deux depuis plus de quarante ans. Leur double empathie puissante me réchauffait le cœur dans cette grange un peu fraîche. J'étais heureux de bavarder avec elles, mais la discussion, trop courte, me laissa sur ma faim. Elles s'excusèrent de devoir repartir.

De nouveau seul et un peu las, je contemplai une dernière fois mon palace du soir avant de me glisser sous deux épaisses couettes de laine, celles du genre que vous maudissez au moment de vous endormir parce qu'elles grattent un peu trop, mais que vous chérissez au petit matin tant elles vous ont tenu chaud.

Jour 3

La ferme qui sent la vache

J'avais dormi comme un loir, à tel point que je m'étais réveillé à l'aurore. Les premières lueurs du jour m'éblouissaient à travers l'unique fenêtre de la pièce. Un rapide coup d'œil en direction de celle-ci m'informa qu'il faisait un temps splendide. Splendide, splendide... En fait, il ne pleuvait plus, c'est ce que « splendide » signifiait pour moi depuis quelques jours. Je sautai hors de mon couchage sans perdre une seconde pour avaler un rapide petit-déjeuner et ne pas manquer l'occasion de rouler un peu au sec. Il ne me restait plus qu'à enfiler ma tenue de cycliste encore trempée et je serais prêt à partir.

Anne fit son entrée dans la grange avec son sourire rayonnant. Elle remplaçait le soleil à elle seule et cela suffisait à me mettre de très bonne humeur. J'étais prêt à attaquer un nouveau jour, mais sa proposition allait me mettre dans l'embarras :

— Si tu veux, tu peux rester ici aujourd'hui ou, s'il pleut trop, tu peux revenir dormir ce soir, me dit-elle.

Elle savait que je souhaitais me rendre à la bibliothèque de la ville pour planifier la suite de mon voyage et, de mon côté, j'estimais qu'il valait mieux que j'aille de l'avant plutôt que de stagner ou de revenir sur mes pas.

— D'accord, acquiesça-t-elle, mais je laisserai quand même ton matelas dans l'atelier jusqu'à demain, juste au cas où tu changerais d'avis.

Soucieuse de mon bien-être et un peu inquiète, elle insista pour passer mes vêtements au sèche-linge. Je refusai une fois de plus. Ils sécheraient sur mon dos. Je devais partir avant de ne plus trouver la force de m'opposer à son offre alléchante de passer la journée à l'intérieur. Je la serrai dans mes bras et partis au galop alors que le soleil tentait toujours de percer l'épaisse couche de nuages.

Je poussais sans ménagement sur les pédales pour augmenter ma température corporelle. Dans la précipitation de mon départ et empreint d'optimisme, je n'avais presque rien mis sur mes épaules. L'air frais traversait les mailles de mon sweat en coton. Pour la première fois depuis longtemps, je pensais à l'hiver qui se rapprochait trop vite. L'automne colorait déjà la campagne et les arbres se dotaient de leur plus belle parure. Bientôt, leurs feuilles tomberaient, la chaussée deviendrait glissante et la nouvelle saison m'obligerait à ressortir mes habits les plus chauds, que je porterais jour et nuit, laissant à ma peau l'occasion de moisir cent fois.

J'étais parti si tôt pour rentabiliser la relative clémence de la météo, que je trouvai porte close par deux fois aux bibliothèques des villes que je traversais alors. Je poursuivis ma route en m'amusant à comparer l'heure avec les kilomètres qui défilaient sur mon compteur. Avant midi, j'avais parcouru ma distance journalière habituelle. J'étais content de moi.

Une légère brise me faisait face tandis que je remontais l'ultime ligne droite qui m'emmenait vers la petite ville de Ballymoney. La fatigue commençait à se faire ressentir et mes cuisses à brûler. Ma fréquence de pédalage diminuait. Les miles me paraissaient un peu plus longs que d'habitude, mais je serrais les dents.

J'aperçus au loin les premières maisons. Au-dessus d'elles, le ciel, menaçant, ne laissait rien présager de bon. Il avait la noirceur des ténèbres. À chaque tour de roues qui m'en rapprochait, l'humidité ambiante augmentait alors que la température dégringolait. Le vent aussi s'était levé, projetant sur mon visage les micro-gouttelettes d'une brume qui m'enveloppait. Je venais de pénétrer dans la dépression.

Je dépassais une file de véhicules agglutinés au feu tricolore quand un violent coup de tonnerre me fit sursauter. L'orage qui venait d'éclater déversa instantanément sur ma tête un déluge tropical glacial. Les flaques qui s'étaient formées en quelques secondes sur la chaussée se fendaient sous mes roues. L'eau se soulevait littéralement sur mon passage. Les essuie-glaces à grande vitesse des voitures entre lesquelles je zigzaguais m'arrosaient les épaules et les joues. Il pleuvait sur moi de toutes les directions.

— *Lovely day for cycling !*[2] me lança, avec un effroyable accent, le cycliste qui me doublait à vive allure sur sa monture de course.

La mine déconfite, je ne sus quoi répondre. Y avait-il vraiment quelque chose à ajouter ? Si ce n'est qu'il faut être passionné pour pédaler au Royaume-Uni.

Inondé de la tête aux pieds alors que j'étais resté moins d'une minute sous une pluie diluvienne, je m'étais réfugié sous un minuscule balcon, bientôt imité par quelques piétons. Nous étions collés les uns aux autres comme des sardines — non pas trempées dans l'huile cette fois — et je profitai de cette promiscuité presque gênante pour localiser l'office de tourisme.

— À deux cents mètres, me renseigna-t-on.

C'était pile la distance qui m'avait manquée pour rester sec…

Une accalmie me permit de rejoindre la mairie qui regroupait le centre d'informations touristiques et un petit musée rendant hommage aux motards d'une époque révolue. L'accueil y était détendu. L'exposition gratuite. Un peu étourdi, j'écoutai un homme qui s'était improvisé guide me parler de cylindrées et de combinaison Kevlar. Je faisais preuve de politesse car la vitesse ne m'intéressait pas, le voyage à vélo m'ayant enseigné les jouissances de la lenteur. Dehors, l'orage avait repris avec violence.

2. Belle journée pour faire du vélo !

De fil en aiguille, j'avais obtenu la sympathie du personnel, l'autorisation de me connecter au réseau Wi-Fi de l'édifice et le droit de m'installer sur la petite table ronde laissée à l'abandon dans un coin du grand hall vitré. Collé au radiateur, j'étais bien installé. Je me réchauffais en recherchant l'itinéraire que je pourrais emprunter dans les semaines à venir tout en échangeant des regards discrets avec l'hôtesse d'accueil qui m'envoyait de timides sourires. Les heures s'écoulaient lentement, tout comme les gouttes de pluie que je regardais dégouliner avec satisfaction de l'autre côté de la façade de verre. La chaleur était en train de m'assoupir.

Soudain, comme l'enfant que l'on n'espérait plus, un énorme soleil se rapprochant de l'horizon entra dans mon champ de vision pour me remémorer qu'il était temps que je parte en quête d'un endroit où dormir. J'avais traînassé pendant des heures sur Internet sans m'en rendre compte.

Je retrouvai la campagne et ses vallons à la recherche d'un coin tranquille. J'avais l'impression de ne plus avoir entrevu le soleil depuis une éternité, alors qu'il ne pleuvait que depuis quelques jours, au point d'envisager la possibilité de planter la tente. C'était sans compter sur l'instabilité et les caprices du temps. Au sommet de chacune des bosses qui se succédaient, de courtes douches composées de grosses gouttes éparses m'aspergeaient. Je forçai la cadence en renonçant à mon idée de bivouaquer pour reprendre ma désormais habituelle recherche d'abri.

Malgré les rares maisons se trouvant sur mon passage,

je me démenais pour me faire héberger coûte que coûte. À travers la porte d'un garage qui laissait résonner dans l'air des coups de marteau réguliers, j'interpellai un homme. Il m'envoya vers une grande habitation cachée derrière une rangée d'arbres dont l'occupante, très gentille d'après lui, possédait de nombreuses granges. Je fis plusieurs fois le tour de la bâtisse indiquée sans jamais y rencontrer qui que ce soit. Plus loin, au sommet d'un jardin potager, un grand chalet attira mon attention. Je tentai de convaincre le voisin de téléphoner au propriétaire pour obtenir l'autorisation d'y rester. En vain. Le temps passait et j'étais toujours dehors en train de pédaler alors que des nuages noirs se regroupaient.

Une nouvelle porte s'ouvrit. Une femme apparut en discutant au téléphone. Elle m'interrogea en relevant le menton pour s'informer de la raison de ma venue. Je lui racontai mon histoire, sans grande conviction. Elle m'écoutait à peine. Avant même que j'eusse pu terminer mon discours bien rodé, elle m'interrompit d'un nouveau signe de la tête sans ambiguïté. C'était un non. Elle tourna les talons. Sans un mot, elle venait à la fois de m'accueillir et de me rejeter. J'allais partir quand elle réapparut sur le seuil.

— D'où viens-tu ? me lança-t-elle, le portable toujours collé à l'oreille.

— Est-ce que vous allez changer d'avis en fonction de la réponse ? lui demandai-je à mon tour sans aucune agressivité dans la voix.

Je ne voulais pas que ma nationalité m'octroie des privilèges. La porte se referma. Sans surprise. Sans regret.

Les maisons se raréfiaient jusqu'à disparaître. Ça sentait bon la campagne. L'odeur de bouse de vache commençait à m'envahir les narines, un peu trop peut-être à mesure que je me rapprochais des exploitations. Je fis le tour de chacune d'entre elles, sans succès. Les agriculteurs devaient tous être occupés dans les champs. Je pédalais de ferme en ferme, un peu dépité. La pénombre qui s'installait me mettait peu à peu la pression.

Les lumières commençaient à apparaître aux fenêtres des habitations et cela allait m'être d'une grande aide. Je pouvais à présent distinguer les signes de vie de loin. Une petite lueur brillait entre deux grands hangars et je m'approchai pour découvrir un couple attablé dans la cuisine. J'avais l'air d'un idiot en faisant de grands signes par la fenêtre pendant d'interminables secondes jusqu'à ce que la dame qui me faisait face m'aperçoive et vienne à ma rencontre. Je racontai mon histoire pour la énième fois de la soirée. Son mari nous rejoignit. Elle lui répéta avec entrain ce que je venais de détailler. J'attendis. J'avais un bon pressentiment.

— Qu'est-ce que tu cherches ? me demanda l'homme en enfilant ses bottes, parce que j'ai beaucoup de bâtiments, mais ils sont tous occupés, soit par les bêtes, soit par les tracteurs. Ça ne me dérange pas que tu restes ici, mais j'ai du mal à voir ce que je pourrais te proposer de très agréable.

— Il ne faut pas vous inquiéter pour ça, je n'ai pas besoin d'un palace. Je veux juste être au sec pour ce soir car la pluie menace encore et encore.

L'entrepôt le plus « habitable » dans lequel il me fit entrer dégageait une forte odeur d'huile de moteur. Sa grande taille me laissait présager que je pourrais, malgré tout, y aménager un petit coin presque confortable. J'étais prêt à dormir à peu près n'importe où, pourvu que ce soit sous un toit. L'approche imminente de la nuit ne me laissait guère d'autre choix que d'accepter l'unique endroit du jour qu'on avait à m'offrir.

L'homme continuait de réfléchir en tournant en rond dans la cour de sa ferme. Le bâtiment dans lequel nous entrâmes servait d'entrepôt pour la nourriture des bovins et me fit éternuer. Je n'envisageai même pas l'idée.

— C'est vrai, il y a bien cette vieille grange, lança-t-il en passant devant une gigantesque porte verte. Je l'avais presque oubliée depuis le temps que je ne m'en suis pas servi.

Je me demandais, alors que le grincement des gonds faisait apparaître un intérieur rude, comment c'était possible de ne pas y avoir pensé avant, étant donné que le bâtiment faisait face à la porte d'entrée de sa maison.

Sous une haute charpente métallique rouillée et recouverte de tôles en fibrociment, la vieille bâtisse bétonnée était vide, digne d'un lieu de vie d'ascète ou d'ermite dénué de toute possession. Seul un banc impeccablement lasuré, et peut-être oublié là depuis des mois voire des années, semblait m'attendre pour retrouver sa fonction. L'austérité de la structure n'en faisait pas moins un refuge parfait dans ma situation et son apparente propreté me fit accepter sans hésitation.

— Eh bien voilà, c'est très bien ! lançai-je.

— Si tu le dis, répondit l'homme sceptique. À mon avis,

ce n'est pas terrible, mais au moins tu seras à l'abri.

— C'est ça... Mais comme je vous le disais, je ne recherche pas le grand luxe. Je voyage depuis très longtemps et ce que vous m'offrez là pourrait s'apparenter à un château comparé à certains endroits où j'ai parfois dormi.

— Dans ce cas, tant mieux. N'hésite pas à frapper à notre porte si tu as besoin de quoi que ce soit.

— D'accord.

— J'y vais, le repas refroidit.

— Bien sûr, bien sûr, je vous en prie, je ne vous retiens pas plus longtemps. Merci beaucoup de m'accueillir ce soir.

La nuit tombait vite et je n'avais aucune motivation pour cuisiner. J'aime manger sainement mais, ce soir-là, j'avalai des plats préparés pleins de conservateurs, que j'avais récupérés dans les poubelles d'un magasin le matin même. Je me remplissais à moitié le ventre avec une seule envie : me blottir à l'intérieur de mon duvet.

J'étais en train d'étaler mes bâches, mon matelas et mon sac de couchage sur le sol quand deux jeunes garçons apparurent à l'entrée de mon hôtel sans étoile. Ils venaient m'apporter une énorme portion de spaghettis bolognaise recouverts d'une épaisse couche de fromage râpé dont je raffole. Le plat devait n'avoir été cuisiné rien que pour moi. Ce mets simple mais chaud était des plus réconfortants et, dans ces conditions, meilleur que n'importe lequel des repas gastronomiques qu'un grand restaurant aurait pu me servir. Les enfants, timides, étaient repartis aussi vite qu'ils étaient arrivés, après m'avoir mentionné leur prénom comme je leur avais demandé. Je passai seul le reste de la soirée.

Je m'assis sur mon matelas le ventre plein, allongeai les jambes et, ô quel bonheur ! ouvris mon livre là où je l'avais laissé en espérant y trouver plus d'intérêt qu'à ma journée. Mes yeux n'étaient pas encore arrivés en bas de la première page que Morphée m'emportait dans un monde où le songe est roi.

Jour 4

Le vestiaire de hurling

Après une courte descente dans laquelle j'avais pris de la vitesse, je m'attaquai à une ascension rectiligne pour rejoindre le haut d'une falaise. Le goudron granuleux qui accrochait sous mes pneus ainsi que les craquelures régulières faisaient tressauter ma monture et accentuaient ma perte de vitesse à chaque soubresaut. Le soleil était étonnamment de la partie et cela tombait plutôt bien, car on m'avait prédit des paysages magnifiques au sommet de la corniche escarpée. J'allais pouvoir en profiter. Enfin.

Au milieu des pâtures délimitées par du fil barbelé, je me dirigeai lentement vers un bijou, comme on me l'avait décrit à de nombreuses reprises depuis que j'étais en Irlande du Nord : la *Giant's Causeway*[3], une formation volcanique composée de quarante mille colonnes de basalte hexagonales.

Ma curiosité au paroxysme était pourtant mêlée d'un brin d'appréhension, car je redoutais le tourisme de masse. À l'approche du site, déjà les choses se clarifiaient, la circulation des bus s'intensifiait et un bâtiment à la façade

3. La Chaussée des Géants

immaculée avait été érigé comme un trophée à l'aplomb de la paroi rocheuse.

Le périple anglo-saxon, qui m'occupait depuis plusieurs mois, m'avait amené à croiser la route de quelques sites touristiques majeurs — *Stonehenge* en Angleterre, les *Cliffs of Moher* en Irlande — et j'avais constaté, grâce à une technique bien rodée, combien les gens se laissaient piéger comme des poissons dans une nasse dans laquelle ils s'engouffraient bien volontairement.

Des panneaux de signalisation gigantesques, que même un aveugle aurait pu apercevoir, stoppaient les voitures sur un parking payant qui enlaidissait les vertes prairies. Les autocars déversaient, dans un ballet incessant, des hordes de touristes. Une allée parfaitement cimentée les guidait par vagues vers un édifice à l'architecture séduisante où des produits dérivés se vendaient comme des petits pains. En mettant une troisième fois la main au portefeuille, ils faisaient l'acquisition d'un ticket à prix d'or, précieux sésame leur octroyant l'accès à une parcelle du monde privatisée par des êtres humains pour qui la rentabilité a plus de valeur que la contemplation.

Je refusais de participer à ce commerce lucratif de la nature, mais mon envie de comprendre jusqu'où l'avidité de l'Homme pouvait aller grandissait à mesure de mes découvertes. Je pénétrai dans le « centre des visiteurs » — un bien joli nom synonyme de centre commercial — où des poteaux guide foule positionnés face à la porte automatique menaient aux caisses enregistreuses. La nasse était en place. L'office de tourisme, installé au fond du bâtiment, n'était accessible qu'en traversant, après avoir acheté le billet d'entrée au site évidemment, un dédale de présentoirs débordant de souvenirs tous plus inutiles les uns que les autres et dont la configuration n'était pas sans rappeler le temple suédois de la consommation qui inonde le marché mondial de meubles en kit.

Convaincu que la nature est un bien commun dont nous devrions tous pouvoir jouir sans restriction à condition de la respecter avec bon sens, je décidai de trouver un accès gratuit — il en existe quasiment toujours un — qui me permettrait de me rapprocher des colonnes de basalte afin d'aiguiser ma connaissance de la nature humaine.

J'errais autour du bâtiment pour analyser la configuration de ses abords extérieurs. Les touristes, heureux de leur visite, me dévisageaient sans soupçonner combien ils s'étaient laissé abuser alors que mes rotations intriguaient le personnel chargé de contrôler l'accès aux parkings. Une grande arcade, surveillée par un employé de sécurité qui s'ennuyait, laissait passer quelques bus et semblait être l'unique brèche envisageable de traverser. Rien ne laissait augurer qu'il fût interdit d'y pénétrer à pied. Je descendis de selle pour ne pas donner l'impression de chercher à forcer le passage.

Souriant, affichant une nonchalance volontaire et une assurance perceptible, je poussai mon vélo en direction de l'homme vêtu d'un gilet orange, ni sans le provoquer du regard, ni sans avoir l'air de me sentir coupable. Il n'esquissa aucun signe de résistance, me saluant même de la tête, et je continuai mon chemin sans l'ombre d'une hésitation. Cela semblait n'avoir choqué personne.

Cette manœuvre m'avait conduit à l'arrière du bâtiment où la partie immergée de l'iceberg commençait à m'apparaître plus distinctement. Un guichetier, trop occupé pour se rendre compte de ma présence, contrôlait les tickets des touristes qui s'amassaient dans l'attente de la navette qui les conduirait à la *Giant's Causeway* proprement dite. Les impatients et les plus courageux entamaient la descente à pied. Je les imitai, toujours à côté de mon vélo.

Les agents de surveillance, postés aux abords de la longue allée qui descendait jusqu'à la mer, me regardèrent passer avec curiosité — mon imposant deux-roues étant difficilement dissimulable —, sans pour autant intervenir. Cela finit par me convaincre que l'accès à la Chaussée des Géants n'était peut-être pas si payant que le système mis en place aurait voulu le laisser croire. Acheter un ticket n'offrait, je crois, rien de plus que le privilège de pouvoir emprunter l'un des deux bus qui faisaient des allers retours à longueur de journée entre le centre des visiteurs et la plage de basalte, pourtant séparés d'à peine quelques centaines de mètres. Je restai sans voix face à ces constatations.

Je pouvais comprendre que des facilités soient aménagées pour les personnes ayant des difficultés à se déplacer, mais offrir un moteur à une foule entière pour lui éviter quelques minutes de marche me semblait affligeant. Je ne savais plus qui blâmer : moi et mes idées négatives, les gens qui se laissaient manipuler ou le gouvernement qui privatisait la Terre appartenant à tous. Et encore, j'étais loin d'être au bout de mes surprises.

Lorsque, enfin, les fameux piliers de roche noire et le troupeau de moutons humains qui s'y agglutinaient apparurent dans mon champ de vision, ce fut le coup de grâce. Dans toutes les directions s'échappaient des groupes qui déambulaient sans gêne sur les formations volcaniques. Une seule et unique surveillante tentait, en vain, de limiter l'accès aux zones les plus fragilisées, mais le piétinement répété de la pierre laissait clairement apparaître son usure. Au sommet d'un grand nombre de colonnes, des cuvettes suffisamment profondes pour permettre à un oiseau de s'y baigner s'étaient formées. Je restai à distance pour observer, consterné, le grotesque spectacle et ne surtout pas participer à la destruction de ce lieu insolite. Deux minutes avaient suffi pour que l'écœurement me gagne et je ne pouvais plus supporter cette vision accablante et les bousculades.

Je rebroussai chemin avec en tête cette question lancinante : combien de décennies faudra-t-il à l'Homme pour détruire les cathédrales naturelles majestueuses que Mère Nature a mis des milliards d'années à bâtir ?

Je m'étais remis en selle et pédalais le long de la corniche en tentant d'oublier la mésaventure touristique matinale. J'espérais que la *Causeway Road* — nom de la mythique route que j'empruntais — allait me réconcilier avec la région. Je montais et descendais au gré des caprices géologiques. Mon regard se portait au loin, rêveur, sur l'océan et son immensité. Je pédalais lentement pour apprécier le moindre centimètre d'asphalte englouti.

De temps à autre, je m'arrêtais et m'asseyais sur une pierre, tel un lézard qui chercherait à augmenter sa température corporelle, pour me délecter des vues anonymes imprenables qui s'offraient à moi du haut de la falaise. Elle surplombait de longues plages de sable ou de paisibles prairies parsemées de moutons à la laine épaisse que j'avais envie de caresser. L'horreur du début de journée me semblait un peu plus supportable face à cette beauté suprême, simple et complexe à la fois. J'étais seul face à la nature. Son gigantisme ne m'écrasait pourtant pas. Elle m'acceptait tout autant que je la respectais.

Au fond d'une pâture à l'herbe grasse, une massive église de pierre veillait sur les habitants d'un vieux cimetière qui faisait face à l'Atlantique. Au loin, distantes de quatorze kilomètres, les falaises écossaises se dressaient fièrement comme les gens de son peuple. J'avais atteint l'extrémité nord de l'Irlande et, à l'instar des oiseaux migrateurs à l'approche de l'hiver, je ressentais cette terrible attraction pour le sud. J'aspirais à des contrées plus agréables, plus chaudes et plus ensoleillées, en pensant à mon vélo depuis trop longtemps abandonné en Grèce.

Le soleil m'avait offert une journée de répit, mais je ne doutais pas que la pluie reviendrait vite. Le matériel miteux dont j'étais équipé ne me permettrait pas plus que les jours précédents de m'en protéger. Une page se tournait. Le reste de mon aventure ne serait plus qu'une fuite dont il me restait à écrire l'histoire. La route jusqu'aux terres helléniques était encore longue.

En traînant dans le port de Ballycastle, je profitai de mes derniers instants de détente, m'imprégnant de l'odeur des embruns et m'intéressant aux bateaux de pêcheurs restés à quai. L'après-midi ensoleillé m'avait empli de joie mais il touchait déjà à sa fin. Le rapide coup d'œil que je jetai aux prévisions météorologiques affichées à l'office de tourisme finit de me convaincre que j'avais pris la bonne décision : même si le ciel ne laissait en rien le présager, le retour des orages était annoncé pour la nuit. Ma course contre les saisons commencerait le lendemain.

Il était grand temps de partir en quête d'un nouvel abri, mais avant de me remettre en selle, je décrétai, face à la consternante instabilité de la météo britannique, qu'à partir de ce jour, même s'il faisait beau, je ne planterais plus la tente. Cette décision prise, tout ce qu'il me restait à faire était de pédaler aussi vite que mes jambes pouvaient me le permettre pour quitter ces îles dans les plus brefs délais.

Les journées raccourcissaient et je quittai la ville pour aller me coucher. Une montée me donna du fil à retordre et je n'avais pas très envie de transpirer avant la nuit. Un baraquement en parfait état au fond d'un grand jardin m'attira. Il s'agissait de l'atelier d'un menuisier et je compris vite que je ne pourrais pas y dormir. Pourtant, envoûté par l'odeur du bois raboté, je pris le temps de discuter avec l'homme qui m'avait accueilli. Sa femme annonça l'heure du dîner et me proposa de m'attabler. Je me sentis gêné à l'idée de savoir que j'allais devoir les quitter comme un voleur, pressé par la nuit, dès que j'aurais terminé mon assiette. Compréhensifs, ils ne s'en étaient pas offusqués et m'avaient même emballé le dessert que j'emportai dans mes sacoches. Les réverbères du village venaient de s'allumer. Je repartis en n'ayant plus à me préoccuper de mon estomac vide.

Alors que je prenais de l'altitude, un stade illuminé apparut dans la plaine toute proche. J'avançai dans cette direction et m'engageai sur un chemin en pierres avant de traverser un grand parking caillouteux. Un drôle de ballet s'y déroulait. Des joueurs sortaient des vestiaires, le pas pressé, pas encore totalement vêtus. Certains ajustaient leur maillot dans leur short tandis que d'autres clopinaient pour enfiler un crampon récalcitrant. Tous s'agitaient avec maladresse à cause de l'étrange bâton qu'ils tenaient dans la main, une crosse en réalité. Ils pratiquaient le *hurling*, sport traditionnel irlandais très ancien, considéré comme l'un des sports d'équipe les plus rapides au monde et souvent qualifié comme brutal, voire potentiellement violent, ce qui contrastera avec la gentillesse des gens que j'allais rencontrer.

La nuit était tombée. Elle dicta la fin de ma journée. Comme il était trop dangereux de pédaler dans l'obscurité à mon goût, je n'avais jamais cherché à forcer le rythme naturel du soleil à grands coups de dynamo. De toute façon, je n'en avais pas. J'espérais dormir au stade. Surplombant la pelouse, un vieil homme observait l'échauffement.

— Bonjour, êtes-vous le responsable des lieux ? lui demandai-je.

— Cela dépend pourquoi. Mais je suis dirigeant du

club, donc je peux peut-être t'aider, me répondit Joe, dont le prénom était brodé à l'avant de son épais blouson à l'effigie de l'équipe, les « *Carey Faughs* ».

— Vous me laisseriez dormir dans les vestiaires cette nuit ? lançai-je sans détour. Je crains qu'il ne se remette à pleuvoir et je n'ai pas de quoi me protéger.

Il descendit sur le terrain pour demander l'autorisation à l'entraîneur.

— C'est d'accord, m'informa-t-il en revenant, mais tu devras attendre la fin de l'entraînement pour t'installer.

— Je comprends, répondis-je en lançant des signes de remerciements au coach sur la pelouse. Savez-vous combien de temps cela va durer ?

— Ils finissent vers vingt-deux heures, si l'on compte le temps de prendre leur douche et de passer un à un entre les mains du masseur.

— Je pourrais me faire masser moi aussi ? osai-je demander. Je pédale beaucoup en ce moment, cela me ferait le plus grand bien.

Joe rit.

— On verra...

La longue attente qui se profilait ne me réjouissait pas, mais puisque j'avais l'estomac plein, je n'avais pas de raison de m'impatienter.

— Je connais ces garçons depuis qu'ils sont en âge de courir, m'expliqua Joe sans transition. Sur le terrain comme dans la vie, je sais comment les rassurer, les faire sourire, les apaiser...

Psychologue à la retraite, il avait passé sa vie à écouter les gens et les comprenait. Il s'intéressa à mon histoire avec une profonde empathie et décela combien les signes de bienveillance que je recevais chaque jour sur la route me donnaient la force mentale nécessaire pour affronter la vie. Accroché à des étincelles d'altruisme, un sourire, une discussion, un geste de solidarité, sans lesquels j'aurais pu sombrer dans une infinie tristesse, je parvenais à garder espoir en l'Humanité. J'étais heureux de constater chaque jour que la majeure partie des individualités qui composent notre espèce n'était pas encore totalement gangrenée par notre société. Leur générosité désintéressée à mon égard, la communion à laquelle je participais avec ces inconnus et l'Amour Universel qui se dégageait de tous les moments de partage découlant de mes pérégrinations, me faisaient flotter sur un nuage de joie de vivre que j'absorbais ou transmettais à chacune de mes rencontres.

L'envoûtante discussion avait fait tourner les heures à une vitesse folle, à tel point que je n'avais pas remarqué que l'entraînement était terminé. Après la douche, les joueurs candidats au massage avaient formé une file d'attente qui s'étirait jusqu'à l'extérieur du bâtiment. De timides gouttes éparses, dont nul ne s'inquiétait, se mirent à tomber jusqu'à ce qu'une violente averse s'abatte sur nous. Je me jetai comme la moitié de l'équipe dans le mètre carré de l'entrée du local destiné au kiné et Joe, qui m'avait promis un abri, passa sans tarder au plan B. Il me laissa entrer sans perdre une seconde dans le vestiaire qui n'avait pas encore été nettoyé et sa réaction rapide sauva mes affaires de l'inondation. Mon répit ensoleillé avait été de courte durée.

Le stade s'était peu à peu vidé. Joe resta pour m'indiquer les dernières manœuvres à effectuer pour éteindre toutes les lumières avant de me mettre au lit et les portes à refermer derrière moi quand je repartirais le matin. Puis, il me laissa me reposer en m'offrant sa confiance.

Je me retrouvai seul et l'odeur de transpiration qui me chatouillait les narines fit ressurgir en moi de nombreux souvenirs. Avant de devenir nomade, j'avais arpenté les vestiaires de sport toute ma vie et y avais vécu des joies et des peines. Pendant longtemps, je m'étais fait rejeter par mes partenaires de football, sport pourtant collectif où la solidarité devrait être le maître-mot, alors que dans les dojos de judo, sport individuel par excellence, j'avais connu des amitiés à la limite de la fraternité.

Aujourd'hui encore, j'étais témoin du meilleur comme du pire de ce que l'Homme est capable de produire et cela me confortait dans l'idée que chacun d'entre nous devrait tenter de faire le maximum pour se trouver du bon côté de la balance. Pour moi, il est primordial de prendre à chaque instant de notre vie, jusque dans les détails de notre quotidien, des décisions qui exercent une influence positive sur les autres et sur le monde. Nous avons tous nos contradictions, mais cela ne devrait pas nous empêcher d'essayer de donner le meilleur de nous-mêmes.

La foudre illuminait la pièce par intermittence, le tonnerre grondait sournoisement, mais, blotti dans mon duvet, pensif sur l'Humanité et tous ses paradoxes, je me sentais en sécurité.

Jour 5

Le ferry tant attendu

À peine étais-je sorti de mon état léthargique matinal que mes pensées fusaient. Mon humeur, qui s'était assombrie pendant la nuit, ne me donnait plus du tout envie d'explorer. Tout ce que j'étais venu découvrir dans les îles Britanniques était derrière moi et une idée tournait en boucle dans ma tête : fuir ces contrées humides.

La vue trouble à cause de mes paupières encore à demi closes me donnait l'impression de rêver. Ma perception en trois dimensions semblait perturbée. Je me frottai les yeux, chaussai mes lunettes, sortis de mon duvet et grimpai sur un banc pour plaquer mon nez sur une des hautes vitres froides et embuées du vestiaire dans lequel j'avais dormi. Ce que j'avais aperçu depuis mon lit de fortune était bien réel. La bruine, poussée par un vent d'ouest surpuissant qui soufflait des milliards de litres d'eau de l'océan, tombait à l'horizontale et me passait devant les yeux à la vitesse d'une voiture de sport, me donnant un aperçu de ce que serait ma journée : catastrophique. Je pouvais presque entendre mon sac de couchage tout chaud me réclamer.

À l'intérieur, un silence apaisant régnait. Aucun bruit ne vint perturber ma routine matinale : prendre un café et un petit-déjeuner, ranger mes affaires, charger mon vélo, enfiler ma tenue de cycliste humide. J'étais prêt. Je respirai profondément en retirant mes lunettes et tirai sur les cordons de mes deux capuches — ce qui réduisit ma liberté de mouvements — pour atténuer les intrusions d'air et d'eau froide dans mon cou, puis j'ouvris la porte. À l'extérieur, un vent effrayant hurlait. Je montai sur mon vélo sans l'ombre d'une hésitation pour en découdre avec les éléments.

Les bourrasques, et de dos ce qui était à peine croyable, me facilitaient les premiers tours de roues et m'aidaient quelque peu à supporter l'inconfort d'être engoncé dans mes vêtements. La tempête océanique ne me gênait pas autant que je l'avais redouté. Elle me poussait même avec efficacité dans les premières pentes raides.

La route, qui comme la veille longeait la côte, aurait dû être splendide, mais la visibilité était nulle et m'empêchait, encore une fois, de profiter de la vue. L'instant n'était pas à la flânerie. Sur la corniche escarpée, je suais à grosses gouttes dans les montées et me crispais sur les poignées de freins dans les descentes. À quoi bon ? Pourquoi m'épuiser si je n'avais même pas l'once d'un paysage à contempler ? À la première occasion, je bifurquai dans les terres sur un cordon d'asphalte qui coupait au travers de collines moins accidentées.

Les conditions météorologiques, même désastreuses, n'affectaient pas mon moral. Le vent, la pluie, le froid, les difficultés en somme, étaient le thermomètre de mon bien-être intérieur. Si elles ne m'atteignaient pas, c'est que j'allais bien... J'allais bien. Inutile de ruminer des états d'âme. Les pensées négatives n'auraient fait qu'absorber une quantité d'énergie bien trop précieuse. Alors je pédalais, tout simplement.

J'avais trouvé ma motivation dans un objectif simple : embarquer aussitôt que possible sur le ferry qui me ramènerait en Angleterre pour poursuivre ma course en avant, ma fuite vers le soleil. Cette idée chaude et alléchante devint mon moteur. Belfast, capitale de l'Irlande du Nord où se trouvait mon port de partance vers Liverpool, était encore loin, pourtant je commençais à envisager de monter sur le bateau le soir venu. Les éléments, qui se manifestaient de plus en plus fort, ne semblaient cependant pas du même avis.

J'avais de nouveau rejoint la côte et faisais preuve d'une vigilance accrue depuis que les bourrasques me fouettaient latéralement. La circulation s'était intensifiée et augmentait le danger. Craignant le moindre écart qui aurait pu m'être fatal, je guettais l'arrivée des lointaines rafales. Je savais lire leur sifflement fantomatique mais je les redoutais. Nous avions déjà fait connaissance par le passé. Je connaissais leur puissance effroyable, capable de me balayer comme une vulgaire quille de bowling. Cela m'était déjà arrivé. Je tendais l'oreille et, à l'approche de chacune d'elles, je me cramponnais avec fermeté au cintre du vélo en prenant appui sur l'air de tout mon poids, défiant ainsi la perpendicularité.

Le petit village de pêcheurs que je traversai avait un charme qu'il me fut impossible d'apprécier à sa juste valeur. Je m'étais coupé de toute émotion pour éviter de laisser surgir en moi le moindre soupçon de désespoir qui deviendrait mon pire ennemi. Si ma tête abandonnait, les conséquences pouvaient être dévastatrices et la perte de motivation se transformer en détresse physique dont le vent n'aurait que faire. Je n'avais pas le droit de me laisser aller. Je moulinais pour avancer à la cadence à laquelle la tempête me l'autorisait.

Quand j'eus pris le rythme — mais pouvait-on vraiment appeler rythme la vitesse à laquelle j'évoluais ? —, la lassitude commença à me guetter. Pour chasser l'ennui, je faisais et refaisais des calculs dans ma tête. Je divisais la distance me séparant de Belfast par mon allure moyenne, tentais d'estimer mon heure d'arrivée au port, recommençais chaque fois que j'atteignais quelques maisons, vérifiant ainsi sans cesse la faisabilité de mon projet. Quand la fatigue m'envahissait, je perdais espoir. Dès que j'atteignais un nouveau village, comme autant de petites victoires, cela me redonnait du courage.

Chaque hameau traversé représentait une bénédiction qui ne durait jamais assez longtemps. Les vieilles maisons de pierre qui faisaient face à la mer d'Irlande me protégeaient du vent. L'espace d'un instant, j'avais la sensation d'être propulsé par un moteur dont le bruit était couvert par le vacarme de la tempête auquel je m'étais habitué. Entrer dans une bourgade était un soulagement. En sortir, un moment redouté. Je savais que la vue de l'ultime habitation était synonyme de violence imminente. Les camions subissaient eux aussi les coups de boutoir d'Éole. J'étais crispé et cela accentuait ma fatigue. L'énergie semblait quitter mon corps à vitesse constante, comme se vide un sablier.

Une camionnette de fruits et légumes me doubla prudemment. Le vert pomme de la carrosserie m'avait sauté aux yeux dans la grisaille du jour. Je la retrouvais stationnée à chaque village que je traversais sans m'arrêter, puis elle me dépassait de nouveau. Le petit jeu se répéta longtemps.

Dans un énième patelin qui ressemblait à tous les autres, le conducteur venait de se garer face à une supérette. L'homme à l'embonpoint certain traversait la route avec un diable surchargé de caisses de verdures que ses bras musclés manœuvraient aisément. Il me salua de la tête, imperturbable face aux trombes d'eau qui s'abattaient sur son visage. La double porte arrière du fourgon était restée ouverte, me laissant entrevoir que la tournée du livreur touchait à sa fin. J'attendis son retour, une idée derrière la tête. Il revint vers moi, le chariot vide. Je l'interpellai sans détour.

— Bonjour, je vois que vous avez pas mal de place dans votre camion et je me demandais si cela vous dérangerait de nous embarquer, mon vélo et moi. Je ne sais pas où vous allez, mais je souhaiterais me rapprocher le plus rapidement possible de Belfast. Vous vous y rendez ?

— Non, je n'y vais pas. Mais je peux te conduire jusqu'à la prochaine ville, me répondit-il sans la moindre hésitation.

Sa voix grave transpirait la douceur.

— Génial, merci beaucoup, c'est vraiment gentil. Je m'appelle Bastien.

— Simon, répondit-il en me serrant la main.

Sans attendre, nous soulevâmes le vélo pour le charger à l'intérieur de la fourgonnette. Il s'occupa de l'attacher fermement en prenant soin de ne pas l'abîmer. J'aimais déjà cet homme.

Je pris place sur le siège passager qui se trouvait à gauche du véhicule — en voulant monter, je m'étais d'abord trompé de côté — et une fois en route, après lui avoir posé quelques questions sur son travail, je l'interrogeai sur son itinéraire.

— Vous avez une idée de la distance qui nous sépare de la ville où vous pensiez me déposer ? lui demandai-je afin d'analyser la nouvelle situation.

— Je dirais une quinzaine de miles, peut-être un peu plus.

— C'est déjà pas mal. Ça va me faire gagner une paire d'heures. Je voudrais prendre le ferry pour Liverpool ce soir mais je crains de ne pas y arriver. Avec ce vent, je n'avance pas. Votre aide m'est précieuse, vous savez ! Merci encore.

— Avec plaisir.

Le paysage changeait en même temps que la bruine s'atténuait. Face à l'étendue d'eau déchaînée, les parois abruptes que nous longions étaient trouées de petites grottes qui nous surplombaient. Les rafales se faisaient ressentir jusque dans l'intérieur de l'habitacle. Notre carcasse métallique balançait de gauche à droite et mon chauffeur était concentré, peu bavard. J'étais soulagé de ne pas avoir à pédaler dans de telles circonstances, sur cette route sinueuse de plus en plus étroite où le danger rôdait à chaque virage.

La densité de camions avait, en plus, augmenté. J'étais au chaud et en sécurité.

Simon relança la discussion après un long silence.

— En fait, je pense que je peux t'avancer un peu plus loin que la ville dont je t'ai parlé. J'ai une dernière livraison dans l'arrière-pays, à une trentaine de miles, et je crois que c'est exactement sur ta route. Il faut que je vérifie.

— Trente miles ? C'est formidable ça. Clairement, ça me va, tu imagines bien. Je n'en espérais pas tant.

Je refis mes calculs. Trente miles, cinquante kilomètres. Je devrais continuer de pédaler sans relâche afin d'être sûr d'arriver à temps pour le départ du ferry, dont j'ignorais d'ailleurs l'heure exacte. Je pensais que, même à la vitesse de 10 km/h inatteignable depuis le matin, ce que j'essayais d'entreprendre devenait tout à fait faisable. J'étais ravi. Un sourire illuminait mon visage et les quelques rayons de soleil qui perçaient le ciel embellissaient un peu plus le paysage que je ne cessais d'admirer en silence. Le chauffage m'assoupissait à mesure que nous avancions. Je pense que je m'étais mis à ronfler.

— Bastien, chuchota Simon en me secouant doucement le bras pour ne pas brusquer mon réveil.

J'ouvris un œil.

— Nous sommes bientôt arrivés, continua-t-il à voix basse. Je livre une cagette et après je te fais traverser le pont de l'autoroute pour te mettre dans la bonne direction, puis je rentre chez moi. Ma journée se termine là où reprend la tienne.

J'émergeai pendant qu'il livrait ses légumes frais dans un restaurant, puis il me déposa à l'endroit convenu. Lorsque je sortis du véhicule, le vent froid me gifla le visage sans ménagement. Je retrouvai vite mes esprits.

— Bon courage, me glissa-t-il avant de reprendre le volant.

Derrière sa carrure de rugbyman, Simon était un nounours au grand cœur.

La reprise du vélo fut brutale, mais l'enthousiasme que m'avait transmis mon héros du jour m'avait redonné assez d'énergie mentale pour progresser avec envie. Je moulinais sans réfléchir pour atteindre mon bateau. Les kilomètres défilaient lentement sur mon compteur, mais la distance se réduisait à chaque coup de pédale tandis que la route vallonnée faisait perler de grosses gouttes de sueur dans mon dos. Après deux heures de lutte, j'entrai enfin dans le port de Belfast et achetai mon billet pour la prochaine traversée nocturne. La pression retomba. J'avais six heures d'avance.

Les efforts de la journée m'avaient affamé. L'attente s'annonçait longue et j'avais besoin d'avaler quelque chose de chaud et consistant. Je m'installai dehors pour préparer mon repas avant la tombée de la nuit, à l'abri d'une large casquette métallique qui me protégeait de la pluie. Le vent était toujours redoutable. Assis en tailleur sur le bitume froid, je découpais soigneusement mes légumes tandis que le ciel qui noircissait me baignait dans une lugubre atmosphère d'apocalypse. Un homme avançait dans ma direction. Je savais d'ores et déjà ce que cela signifiait. Je me relevai, souriant, pour lui parler.

— Bonjour, que faites-vous ? me questionna-t-il en guise d'introduction, même s'il connaissait déjà la réponse.

— Je cuisine.

— C'est interdit monsieur.

— Comment ça ? demandai-je d'un air qui se voulait volontairement naïf.

Je savais qu'un bras de fer subtil venait de s'engager.

— Vous êtes dans un port, vous n'avez pas le droit de cuisiner ici. Rangez tout cela s'il vous plaît.

J'ignorai l'ordre, pour gagner un peu de temps, d'autant que je soupçonnais que là n'était pas la vraie raison. Je savais qu'il était inutile d'argumenter avec un agent de sécurité, mais l'amabilité du ton qu'il avait utilisé pour me faire déguerpir me fit entrevoir une infime chance de le convaincre de me laisser terminer. J'avais vraiment faim, mais malheureusement aussi l'habitude d'avoir à gérer ce genre de situation.

— Ne vous inquiétez pas ! Je cuisine, je range, je ne salis rien. Dans vingt minutes, c'est fini. Il n'y aura aucun problème. Vous voyez bien que je suis calme et que je me suis installé à l'écart pour ne pas déranger. J'ai juste faim.

— Il y a un restaurant sur le bateau.

— Mais je ne veux pas aller au restaurant et encore moins attendre vingt-trois heures pour dîner. Vous comprenez, j'ai pédalé toute la journée pour arriver jusqu'ici et je suis affamé. Soyez compréhensif.

— Si vous voulez vraiment faire à manger, il y a un

parking vide un peu plus loin.

Il venait de se trahir. Je savais depuis le début qu'il me mentait et, puisque je ne me faisais plus aucune illusion sur l'issue négative de ma négociation, je décidai de le pousser dans ses retranchements pour obtenir la vérité.

— Où ça ? lui demandai-je, feignant de considérer sérieusement son offre.

— À cinq cents mètres d'ici. Vous le verrez, sur votre gauche.

— Je viens de traverser le port et il fait presque deux kilomètres de long, non ?

— Oui, c'est très grand.

— Ça veut dire que le parking où vous voulez m'envoyer se trouve encore dans l'enceinte du port ? Vous venez de me dire que c'était interdit d'y cuisiner. Je ne comprends plus.

— Bon, vous me rangez tout ça, c'est la dernière fois que je vous le demande.

Je savais que je jouais un jeu dangereux en le mettant face à ses contradictions, pourtant je crois fort que l'honnêteté permettrait d'éviter bien des conflits, alors je poursuivis ma stratégie pacifique.

— Franchement, cela m'embête. Vous savez comme moi combien il pleut et le temps que je range puis ressorte tout mon matériel, j'aurais aussi vite fait de dîner ici.

— Pourquoi insistez-vous ? Je vous ai dit de remballer, c'est simple à comprendre non ?

— Pourquoi j'insiste ? Parce que je trouve cela cruel. J'ai seulement faim et vous m'envoyez sous l'orage. En plus, je pense que vous me cachez la vérité et qu'il n'est pas plus interdit de cuisiner ici qu'ailleurs.

— Vous prenez quel ferry ?

— Celui pour Liverpool, mais je ne vois pas le rapport.

— Je suis le chef de la sécurité de ce départ et je peux très bien décider de ne pas vous laisser embarquer cette nuit si vous continuez.

Je n'étais pas prêt à prendre le risque d'avoir fait tous ces efforts de la journée pour finalement rester à quai, mais je ne voulais pas non plus subir la situation, que je ressentais comme une injustice, sans rien dire. J'avais besoin d'exprimer mon point de vue.

— Ce n'est pas très sympa d'utiliser votre position et votre badge pour me menacer. Moi je vous parle d'homme à homme, de cœur à cœur. Quand vous rentrez du travail, vous faites à manger chez vous, non ? Eh bien ma cuisine se trouve là, étalée devant vous. Je ne m'en plains pas, j'ai choisi ma situation, mais j'aimerais que vous entendiez que je ne demande pas grand-chose, juste de pouvoir préparer mon plat, ce que je peux faire très vite, puis manger et retourner m'asseoir sagement en attendant d'embarquer. Vous êtes un être humain comme moi et vous devriez pouvoir comprendre.

— Dépêchez-vous de partir, un ferry va bientôt arriver, relança-t-il avec insistance.

— Et alors ? Quel est le rapport ?

— Le rapport ? Que vont penser les gens qui empruntent les services de notre compagnie s'ils voient tout ce bazar ici, par terre ?

— Donc, nous y voilà. Il était temps ! En fait, le problème, ce n'est pas vraiment que ce soit interdit ou pas. C'est l'image de votre compagnie qui compte. Le fait que je sois affamé n'a aucune espèce d'importance. Vous savez, je crois que les gens qui me verront cuisiner — comme chaque fois que je le fais dans la rue — comprendront que je suis un voyageur et que, comme tout individu normalement constitué, je dois manger de temps en temps. Les plus timides et les personnes choquées détourneront la tête ou me regarderont du coin de l'œil ; quant aux autres, ils me souriront, me souhaiteront de loin un bon appétit, voire viendront m'adresser la parole par curiosité. Alors des moments de partage conviviaux se créeront entre eux et moi, et la peur de l'inconnu disparaîtra quelques instants, tout ceci contribuant à un monde plus harmonieux. En me permettant de rester ici et en laissant s'exprimer la gentillesse que je sens en vous malgré votre position actuelle, vous pourriez participer à ce cercle vertueux. Mais je comprends aussi que vous faites votre travail et je ne vous en veux pas. Je trouve seulement très triste que vous soyez esclave de vos supérieurs qui ne vous laissent pas la possibilité d'exploiter votre humanité. Vous savez, si dès le début de notre conversation, vous m'aviez donné la vraie raison pour laquelle vous ne vouliez pas me laisser cuisiner sur ce parking, j'aurais tant apprécié votre honnêteté et votre franchise que je n'aurais sans doute même pas discuté vos ordres et j'aurais rangé mes affaires sans rechigner, ce que je vais faire maintenant.

— Merci, je suis désolé.

Je le sentais sincère.

En retournant m'installer dans la salle d'attente, j'avalais mes légumes crus et me bourrais le ventre de pain que j'espérais faire gonfler dans mon estomac à l'aide de quelques gorgées d'eau. À l'approche du départ, je passai les différents points de contrôle et l'agent de sécurité me souhaita un bon voyage, en s'excusant encore une fois, la mine un peu triste.

Un autre cycliste, enthousiaste de me rencontrer, tint à m'offrir une bière fraîche et nous bavardâmes en la buvant pour conclure cette journée épique interminable. Puis, je dégotai un coin peu confortable pour y passer la nuit alors que le bateau tanguait, subissant à son tour les assauts de la tempête. Je dormis mal.

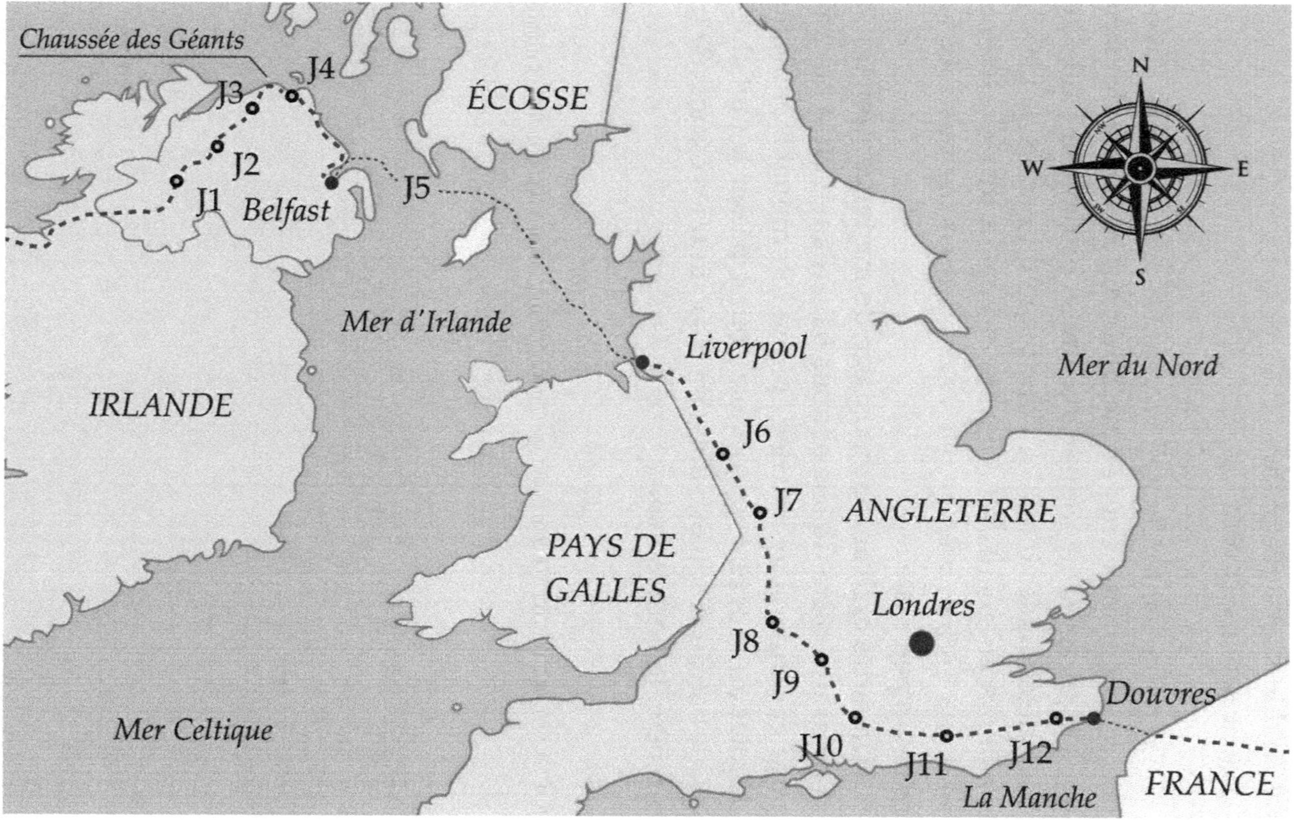
Chaussée des Géants
J1
J2
J3
J4
Belfast
J5
ÉCOSSE
IRLANDE
Mer d'Irlande
Liverpool
J6
J7
ANGLETERRE
PAYS DE GALLES
Londres
J8
J9
J10
J11
J12
Douvres
Mer du Nord
Mer Celtique
La Manche
FRANCE
N
S
W
E

Jour 6

La yourte du glamping

Six heures et demie du matin. La gueule métallique du ferry s'ouvrit enfin. L'oxygène remplissant le ventre du navire fit redescendre ma pression cérébrale, alors que les gaz d'échappement des moteurs au milieu desquels l'on me faisait patienter depuis trente minutes commençaient à me faire tourner la tête. Réveil toxique.

Le jour se levait sur l'Angleterre embrumée. L'air était frais. La pluie dormait encore. Kevin, un cycliste local qui connaissait la région comme sa poche, m'emmena à la sortie de la ville. Avant de bifurquer vers son domicile, il me lança :

— Si tu suis cette direction, toujours tout droit, au bout c'est la France.

Je savais qu'il disait vrai, mais il n'avait pas pris la peine de mentionner que je devrais encore pédaler six cents kilomètres pour y arriver. Il ignorait surtout que, pour seule carte, je ne possédais qu'un morceau de papier sur lequel j'avais griffonné une liste de noms des villes qui me servirait de cap. Toujours tout droit, avait-il dit. Je me remis à pédaler.

Je m'étais fait à l'idée que j'allais traverser l'Angleterre en suivant les grands axes, évitant ainsi de laborieux détours sur les routes de campagne qui m'auraient pourtant octroyé davantage de tranquillité. Mais, pour raccourcir ce périple anglo-saxon, j'étais prêt à sacrifier un peu de plaisir. De toute façon, il y en avait eu peu depuis que je roulais sous la pluie à longueur de journée.

Il était si tôt, que la deux fois deux voies en travaux jusqu'où j'avais été accompagné était quasiment vide. Elle était totalement rectiligne, je n'avais donc pas à réfléchir. Atteindre la prochaine ville, la traverser, et ainsi de suite jusqu'à me retrouver face à la Manche. Dit de cette manière, cela paraissait facile.

À mesure que les minutes s'égrenaient, voitures et camions entraient en piste. Leur nombre augmentait jusqu'à saturer l'asphalte, rendant impossible un trafic fluide. Des vagues de violence déferlaient alors de toutes parts : les moteurs rugissaient, les freins crissaient et un flot incessant de klaxons retentissait. Chaque matin, le monde s'éveillait et l'agressivité reprenait de plus belle.

Je pédalais presque plus vite que les conducteurs qui se rongeaient les ongles, stressés de savoir qu'ils seraient sans doute en retard au travail. Je n'avais pas à me préoccuper de l'heure à laquelle j'allais arriver ; au pire, je devais m'inquiéter de la saison. Je subissais les aléas de la météo : j'étais ballotté par le vent, la pluie s'écrasait sur mon visage, le bout de mes doigts était engourdi, mon nez écarlate... Mais j'étais serein de n'avoir ni horaire ni engagement à respecter. Mon futur — tout aussi incertain était-il — n'avait pas grande importance. Seul chaque coup de pédale en revêtait. Mon compteur de vélo, qui habituellement m'indiquait l'heure, choisit cet instant pour rendre l'âme, me plongeant définitivement dans un néant temporel.

Depuis les premières heures du jour, j'allais de ville en ville et y achetais quelques fruits que je dévorais sans attendre. Puis, je m'engageais sur une nouvelle route nationale en subissant, encore et toujours, les assauts d'un vent glacial venu du nord et d'un crachin désagréable qui ne cessait plus. La lassitude m'avait gagné depuis longtemps, mais je n'avais d'autre choix que celui d'avancer.

La route avait eu la bonne idée de se mettre à vallonner pour casser la monotonie des lignes droites. Je transpirais sous ma veste plus très étanche, séchais, transpirais de nouveau, puis séchais encore. J'avais chaud, froid, chaud, froid... c'était une horreur. Si la vie au grand air n'avait pas depuis longtemps renforcé mon système immunitaire, je serais tombé malade, à coup sûr. J'avais perdu la notion du temps, ne me fiant plus qu'au degré de douleur de mes cuisses pour avoir une idée de la distance que j'avais parcourue.

Une petite ville à taille humaine, nommée Whitchurch, m'attira comme un aimant. J'espérais m'y abriter un peu du vent pour déjeuner. L'atmosphère paisible et chaleureuse des maisons à colombages de la rue principale était plaisante. Transi de froid, je tentai de trouver refuge à la bibliothèque.

— Je suis désolée, m'annonça la dame qui finissait d'ordonner quelques livres, nous allons bientôt fermer.

— Ce n'est pas grave, lui répondis-je un peu déçu, mais est-ce que je peux vous demander un petit service malgré tout ? continuai-je, lucide malgré la fatigue.

— Bien sûr, en quoi puis-je vous aider ?

— Je voyage à vélo et je suis frigorifié. Auriez-vous par hasard une bouilloire pour me faire chauffer un peu d'eau ?

L'édifice avait comme prévu fermé ses portes. Je me retrouvais assis dans la rue sur un banc tout aussi détrempé que mon T-shirt qui, imbibé de transpiration, collait à ma colonne vertébrale. Je sirotais mon café brûlant en tentant de ne pas le renverser de mes mains tremblotantes. Des piétons m'interpellaient de temps à autre. Je leur répondais poliment, mais j'avais du mal à me concentrer sur autre chose que mon corps gelé. Je ne pensais qu'à finir ma boisson chaude pour me remettre en action. Par chance, la pluie s'était arrêtée.

— Pourriez-vous me dire comment me rendre à Wem ? demandai-je à un passant.

Il bredouilla une réponse peu convaincante avant qu'un vieil homme n'arrive à la rescousse.

— Wem, c'est vraiment facile. Au feu tricolore à la sortie de la ville, à droite, puis toujours tout droit, m'expliqua-t-il. J'habite vers là-bas.

Ses yeux étaient braqués sur mon vélo pendant qu'il me parlait.

— Si tu veux, reprit-il plein d'enthousiasme, tu peux venir chez moi. On a un petit camping où tu peux planter ta tente sans problème.

— C'est vraiment gentil mais je ne souhaite pas payer pour dormir, précisai-je avec précaution et fermeté.

Il m'était déjà arrivé d'accepter naïvement une invitation et de me voir ensuite réclamer de l'argent.

— Et puis le problème, continuai-je, c'est que ma tente fuit de partout et, de ce fait, j'ai besoin de trouver un abri pour passer la nuit au sec.

— On trouvera quelque chose, me rassura-t-il. Le camping est vide en ce moment. Tu peux rester deux ou trois nuits pour te reposer.

— Vous êtes sûr que je pourrai rester gratuitement ? insistai-je pour éviter tout malentendu.

Sa femme s'impatientait au coin de la rue et lui faisait de grands signes.

— Oui. Et tu pourras prendre une douche, s'empressa-t-il d'ajouter en décelant mon hésitation, conscient que cet élément pouvait me décider. Je n'habite pas exactement à Wem, mais dans la campagne profonde, au sommet d'une colline avec une jolie vue. Tu verras. Le village s'appelle *English Frankton*. Moi c'est Phil, ma femme là-bas, c'est Roz.

Il me tendit un morceau de papier sur lequel il venait de gribouiller son numéro de téléphone.

— Ma femme m'attend. Je dois y aller. Appelle-moi si tu as un problème. Je peux venir te chercher avec mon véhicule à Wem si tu es perdu ou trop fatigué. On sera chez nous en fin d'après-midi.

— D'accord, mais je ne vous promets rien. Ce sont mes jambes qui décideront, dis-je pour exprimer mon incertitude.

Aussi curieux que cela puisse paraître, malgré mon envie de rencontres, l'énergie positive que l'homme avait dégagée pour m'inviter chez lui et les arguments de confort qu'il avait énoncés pour me convaincre, je ne m'étais pas empressé d'accepter sa proposition.

Le doute que j'avais laissé planer répondait à un besoin puissant de ne jamais perdre ma liberté. S'il est parfois nécessaire et important de prendre des décisions — en voyage, il faut en prendre à chaque instant —, le non-choix est également une possibilité à envisager. En ne répondant ni oui ni non, je ne m'étais pas engagé, mais je n'avais pas non plus fermé la porte à son offre. L'après-midi commençait à peine. Ne sachant pas ce dont j'aurais envie dans les heures à venir et en prenant mon temps pour me décider, je conservais la capacité d'écouter mes besoins et de les respecter. Peut-être allais-je trouver sur ma route un abri merveilleux qui me permettrait de récupérer de la courte et inconfortable nuit que je venais de passer, peut-être aurais-je juste envie d'être seul. Je laissais le champ libre à tous les possibles.

La pause-café m'avait redonné de l'entrain. La calme route aux courbes agréables et le timide rayon de soleil tentant de percer les nuages finirent de me revigorer. Mes jambes avaient retrouvé un peu d'élan et j'approchais de la localité de Wem, ce qui me donna l'envie de partir sans attendre à la rencontre de celui qui avait su attiser ma curiosité.

La campagne me faisait renaître et *English Franktown*

approchait. Je demandais ma route de chaumière en chaumière. Elles se faisaient de plus en plus rares. Je naviguais presque à l'aveugle en suivant les quelques indications glanées en chemin et me fiais à mon instinct quand je me retrouvai planté au milieu d'un carrefour que personne n'avait mentionné. Un vieil homme fendait des bûches, assis sur un tabouret qui devait avoir le double de son âge. Il m'indiqua la dernière côte. « Je vis au sommet d'une colline », m'avait expliqué Phil. J'approchais.

À l'évocation d'un camping, j'avais tout imaginé sauf l'univers qui se dévoilait sous mes yeux. Des champs fraîchement labourés entouraient un immense terrain délimité par des roseaux et des bambous de multiples couleurs, qui servaient de brise-vent plus que de brise-vue. Le végétal était omniprésent. Derrière de jeunes bouleaux et des arbres fruitiers qui avaient tous perdu leurs feuilles, je pouvais deviner l'unique signe de modernité qui s'offrait à ma vue, le museau d'une éolienne qui dépassait de la cime d'un bosquet touffu. L'environnement était apaisant.

Je m'aventurais au cœur de la végétation sauvagement organisée quand apparut un long bus dont le jaune, jadis éclatant, avait été verdi par l'attaque incessante des feuilles qui se collaient à sa carcasse sous les effets cumulés du vent et de la pluie. Le véhicule trônait à l'entrée d'une grande pâture où des poules caquetaient et des dindons gloussaient en grattant le sol, à la recherche de vermines à picorer. Aucun écolier ne devait avoir emprunté l'autocar depuis longtemps, car de la vaisselle s'entassait dans l'évier qui avait remplacé quelques-unes des banquettes. Je n'apercevais pas d'autre bâtiment d'habitation et commençais à comprendre l'enthousiasme non dissimulé de Phil à mon égard. Je devais être tombé sur un de ces originaux avec qui je savais à l'avance que j'allais bien m'entendre, et vice versa.

Je repris mon exploration et découvris une autre merveille. Un vieux manège de fête foraine avait été vidé de ses chevaux pour accueillir de moelleux fauteuils au cuir craquelé et une grande table basse, sur laquelle des bougies de toutes les couleurs étaient éparpillées. Je m'installai dans le surprenant salon qui surplombait la campagne que j'admirais, en attendant le retour des propriétaires. Ce ne fut pas bien long.

J'avais abandonné mon vélo proche du portail d'entrée, ce qui gâcha un peu la surprise de ma présence, mais les retrouvailles n'en furent pas moins joyeuses.

— Bastien ! s'écria Phil, en s'avançant vers moi les bras grands ouverts, un large sourire sur le visage.

La puissance de son accolade me surprit. C'était un homme fort même s'il n'en laissait rien paraître. Roz, très calme, me serra quant à elle avec tendresse de ses petits bras. Elle m'arrivait en dessous de l'épaule et je dus me baisser pour l'enlacer.

— Comment as-tu fait pour trouver seul et si vite ? me demanda Phil, intrigué et amusé. Il y a des personnes qui, bien qu'armées de téléphones et de GPS, explorent encore la région pour nous trouver. Je les attends depuis deux ans !

— Disons que je passe ma vie à chercher des lieux et des gens. Vous n'étiez pas très difficiles à localiser puisque vous êtes les seuls habitants d'*English Frankton*.

Nos rires éclatèrent en symbiose. L'ambiance était posée et se poursuivit bon enfant sous le manège — la *lounge*, comme ils le nommaient — où nous sirotâmes une tasse de thé accompagnée de traditionnels biscuits secs.

Alors que je l'interrogeais sur quelques-unes des ingénieuses créations que j'avais aperçues, Phil, en bon autodidacte, me parla des compétences qu'il avait engrangées tout au long de son existence. Elles lui avaient permis de commencer à bâtir, à cinquante ans, le petit paradis de verdure qui nous entourait, avec pour seules aides son imagination et le soutien de sa femme. Tous deux âgés de soixante-cinq ans, ils étaient désormais à la retraite.

— Tu veux que je te montre ta chambre ? nous coupa Roz en arrivant silencieusement dans mon dos au volant d'une voiturette de golf.

La vue de ce véhicule peu banal me confirmait que j'avais rencontré de grands enfants. Je les adorais déjà.

— D'accord, répondis-je, mais seulement si je peux embarquer. On va où ?

J'avais hâte d'en découvrir davantage sur leur monde, déjà conquis par l'humble folie qui émanait des fantaisies disséminées aux quatre coins de leur havre de paix.

Nous dévalâmes une pente boueuse en suivant les courbes amples d'une allée de noisetiers pour rejoindre la partie forestière du grand terrain. Roz m'expliqua qu'ils avaient fait l'acquisition de cette immense pâture non constructible, totalement nue quinze ans auparavant, et qu'ils y avaient planté avec une infinie patience — et à la main — les deux mille cinq cents arbres qui se dressaient devant moi. Le plus fou, pensai-je, c'était peut-être encore de les avoir comptés.

Ils m'avaient réservé une belle surprise. Leur *glamping*[4] se dévoila sous mes yeux. J'allais passer la nuit dans une yourte au milieu des bois, prendre des douches presque bouillantes comme je les adore dans une petite cabane fabriquée à l'aide de simples planches, me préparer de bons petits plats dans une cuisine exiguë mais fonctionnelle installée dans une minuscule roulotte, le tout dans une cathédrale de nature silencieuse où seul le sifflement des oiseaux des champs résonnait.

Roz m'expliqua tout ce que j'avais besoin de savoir et, avant de remonter vers son bus à une centaine de mètres pour me laisser m'installer, conclut de la sorte :

— Détends-toi et repose-toi autant que tu en as envie ou besoin, rien ne presse. La saison est terminée car le terrain est trop boueux pour accueillir qui que ce soit au *glamping*. Tu sais, Phil a mis les voiles à l'âge de dix-sept ans pour chercher du travail et cela l'a mené jusqu'en Australie. Au fil

4. Le *glamping*, contraction de *glamour camping*, est un camping qui propose une certaine qualité de confort, comparé aux campings traditionnels sous tente, avec des hébergements souvent insolites et au cœur de la nature.

des rencontres et des occasions qui se sont présentées à lui, il a appris à faire tout ce qu'il a construit ici. Il n'est jamais allé à l'école, si ce n'est celle de la route, comme toi. Alors quand il t'a aperçu, parce que c'est pas souvent qu'un routard vient se perdre dans notre trou paumé, il s'est reconnu en toi. Crois-moi, il sait ce que tu vis jour après jour, mois après mois, année après année, surtout en cette saison où il ne cesse de pleuvoir. C'est pour cela qu'il t'a proposé de venir te reposer ici. Il sait ce que ça veut dire d'être tout le temps dehors, de vivre sans rien comme tu le fais, de ne jamais avoir de vrai toit au-dessus de la tête, de lieu calme où se reposer profondément et quasi aucune intimité. Alors, l'espace d'un instant, il a voulu t'offrir tout ce qui pouvait te manquer. Personne ne viendra te déranger ici. Profite ! Si tu n'as pas envie de venir nous voir, ne te sens pas coupable, reste ici tout seul, nous ne t'en voudrons pas.

Plus que le confort même rustique qu'ils m'offraient sur un plateau d'argent, c'était de savoir qu'ils me comprenaient qui me faisait le plus grand bien et ce dont je leur étais le plus reconnaissant. Il est rare que quelqu'un réussisse à se mettre à ma place en une fraction de seconde et comprenne les tenants et les aboutissants de la manière dont je vis. Ce touchant discours m'avait évidemment profondément ému.

Dernièrement, je n'avais pensé qu'à fuir la trop humide Angleterre. À aucun moment, je n'avais imaginé me retrouver dans un lieu si agréable et si reposant, encore moins me laisser aller à me relaxer sans vergogne. C'est pourtant ce que j'allais faire pendant trois jours dans ma yourte. Je savais que la pluie me frapperait deux fois plus violemment quand je repartirais, mais je me contentais d'apprécier l'instant présent, sans pour autant oublier que je ne devais pas prendre racine. Je ne faisais rien d'autre de mes journées que lire, cuisiner, écrire, et m'étendre sur mon lit en écoutant, décontracté, le vacarme des averses orageuses qui s'abattaient sur le toit de la yourte.

Quand le confort, même simple, dont je jouissais contrastait avec le torrent qui se déchaînait dehors, je ne pouvais malgré tout pas m'empêcher d'être rattrapé par les éternelles questions inhérentes à ma façon de vivre, auxquelles j'avais déjà répondu mille fois au fond de moi : pourquoi est-ce que je m'inflige tant de douleur et d'inconfort ? Est-ce que ça vaut vraiment la peine ? En ai-je toujours autant envie ? Que ferai-je ensuite ?

Ce lieu débordant de sérénité, proche de la totale autonomie, à la fois énergétique et alimentaire, répondait à la dernière question. Quand j'imaginais un avenir tel que le leur, une vie de sédentaire au grand air, mes craintes de poser mes valises quelque part s'atténuaient. Mais le temps n'était pas encore venu pour moi. J'avais encore beaucoup à découvrir sur les routes du monde et j'avais le nomadisme dans les entrailles. Le désir de vagabonder était toujours le plus fort.

Entre les averses, j'allais me dégourdir les jambes en visitant l'adorable couple. Je les aidais à entretenir le verger et le potager puis nous buvions le thé. J'observais l'immense douceur et la tendresse avec laquelle ils interagissaient. Je les écoutais me raconter leur conte de fées et me délectais de leurs paroles comme on savoure un nectar. La beauté de leur histoire d'amour me fascinait.

Chacune de leur côté, ces deux âmes errantes avaient longtemps parcouru le monde pour finir par emménager sur un *narrow boat*[5] et sillonner les minuscules canaux anglo-saxons. Au détour d'une écluse, leurs mini-péniches s'étaient percutées et, à l'âge de cinquante ans, ils étaient tombés amoureux. Ils avaient alors quitté l'eau pour construire ensemble le jardin d'éden qu'ils m'invitaient à partager avec eux.

L'univers que j'avais découvert m'avait enchanté. L'histoire que j'avais entendue m'avait émerveillé. Une énergie nouvelle m'emplissait et je savais qu'il était temps pour moi de reprendre la route.

Roz avait pris l'habitude de m'informer des prévisions météorologiques chaque fois que je passais un moment à ses côtés.

— Reste te reposer encore un peu, me proposa-t-elle. Demain, il va y avoir de gros orages. La semaine prochaine devrait être meilleure.

Mais j'avais pris ma décision.

— Je partirai demain, annonçai-je. Reprendre la route un jour de pluie a toujours été pour moi le moyen le plus sûr de vérifier que ma détermination et mon enthousiasme

5. Littéralement « *bateau étroit* », autrement dit, une péniche adaptée au gabarit des canaux du Royaume-Uni.

à arpenter les routes sont toujours intacts. Peu importe le poids des averses, le temps que j'ai passé à vos côtés me fera remonter en selle le cœur léger.

Jour 7

Le container des moutons

Un rayon de soleil célébrait mon retour sur la route, mais il était encore trop timide pour faire sécher la chaussée. J'avançais à une cadence infernale et je n'aurais su dire si c'était les quelques jours de repos que je venais de prendre qui me permettaient de pédaler aussi vite, ou juste le fait que la fine pellicule d'eau sur l'asphalte annulait toute résistance de frottement sous mes pneus. Quoi qu'il en soit, je transpirais fort sur le faux plat montant qui m'amenait à la ville. La chaleur irrespirable du magasin dans lequel j'étais entré pour me ravitailler finit de m'achever. N'y tenant plus, je me déshabillai.

Je fis mes courses en quelques minutes et poursuivis mon chemin. Un léger vent me poussait avec efficacité. Étrangement, le boulevard périphérique sur lequel je me trouvais, imposant de largeur et totalement désert, faisait monter en moi une lugubre sensation de calme avant la tempête. Elle se leva subitement dans mon dos et une violente averse que je n'avais pas vue venir se déclencha. En moins d'une minute, j'étais inondé de la tête aux pieds tel un épouvantail sans défense dans son potager. Dans un élan d'optimisme, je n'avais pas renfilé mes habits de pluie.

N'avais-je donc retenu aucune leçon de ce pays ?

Vêtu du léger sweat à capuche et du pantalon en toile que je porte en toutes circonstances, l'équation était désormais simple : si je ne voulais pas risquer de prendre froid, je n'avais plus le droit de m'arrêter de pédaler avant le retour du soleil, ou au minimum l'arrêt de la pluie, en espérant sécher un peu avant de pouvoir me couvrir plus chaudement. Le ton de la journée était donné.

La route de campagne rectiligne sur laquelle je m'étais engagé en quittant la zone périurbaine subissait, elle aussi, le déluge orageux. Fossés et bas-côtés, qui devaient s'être gorgés depuis plusieurs jours, n'absorbaient ni n'évacuaient plus rien. Sans aucune échappatoire, l'eau s'accumulait sur la route et le bitume disparaissait. Mon moral d'acier n'en rouillait pas pour autant. Je relativisais même d'une façon qui m'étonna moi-même.

Quitte à être totalement trempé — situation dans laquelle un adulte sensé ne se mettrait pas volontairement —, je commençai à m'amuser comme un gamin. Je tentais d'imiter Moïse, lorsqu'il avait ouvert la mer Rouge, en roulant aussi vite que je le pouvais pour écarter les flots, mais ils ne me remontaient que jusqu'aux genoux et je n'étais pas satisfait du résultat. Les voitures, qui me doublaient ou me croisaient, accomplissaient quant à elles un travail magnifique en m'éclaboussant le corps tout entier. Si la sensation de recevoir une giclée d'eau glaciale sur le visage n'avait rien d'agréable sur le moment, le choc passé, j'éclatais de rire comme si je venais de recevoir par surprise le premier seau d'une bataille d'eau en plein été caniculaire. J'en redemandais.

Il pleuvait toujours aussi fort, mais j'étais comme un poisson dans l'eau.

Ce voyage s'était transformé en épopée. Ma tente prenait l'eau, je prenais l'eau et mon vélo n'avait pas fière allure. Au cours des derniers mois, je n'avais cessé d'intervenir en urgence sur la mécanique pour le maintenir en état de rouler et j'avais dû faire ressouder mon porte-bagages à plusieurs reprises. Une partie de mon cadre s'était même arrachée. « Ce sera une prouesse si je réussis à ramener ce vélo en France en un seul morceau », avais-je souvent pensé. À mesure que les jours défilaient, j'avais de plus en plus l'espoir de réussir ce défi supplémentaire, mais ma manivelle gauche ne sembla pas du même avis. Sans signe avant-coureur, elle prit du jeu et l'effet s'amplifia à chaque tour de pédale.

En soi, une manivelle qui bouge n'est pas un énorme souci. Il suffit d'avoir la clé pour la resserrer, ne serait-ce que temporairement, et le faire autant de fois que nécessaire jusqu'à trouver la pièce de rechange. Le réel problème était plutôt que je n'avais aucun outil. Les miens étaient restés en Grèce avec le reste de mon matériel et j'avais pris le pari osé, pour cette boucle de quelques milliers de kilomètres dans les îles Britanniques, de ne pas m'en procurer d'autres, m'allégeant d'un poids non négligeable. J'avais compté sur ma bonne étoile sans savoir que ma monture allait se désintégrer.

Le personnel du chantier sur lequel j'avais pénétré dans l'espoir de trouver des outils ne m'avait pas été d'une grande aide. En revanche, l'équipe avait beaucoup ri en me voyant sauter dans les immenses flaques. Une fois de plus, j'avais instinctivement laissé libre cours à mon âme d'enfant — longtemps refoulée à cause des codes de savoir-vivre imposés par la société — et je m'en donnais à cœur joie. L'eau m'arrivait au-dessus des chevilles. Je me doutais bien que l'on m'observait. Je devais frôler le ridicule mais, celui-ci ne tuant pas, je m'en contrefichais : j'étais juste moi-même et je me sentais vivant ; c'était l'un des effets salvateurs qu'avait eu le voyage dans mon existence. Avant de disparaître derrière un bloc de béton, je me retournai avec un grand sourire en direction des ouvriers. Leurs yeux pétillaient. Je me demandais s'ils essaieraient de m'imiter dès que j'aurais le dos tourné.

Pédaler d'une seule jambe n'avait rien d'évident. Les kilomètres me paraissaient interminables. Je devais avoir l'air idiot — visiblement c'était le leitmotiv de la journée — mais la situation était tellement grotesque qu'elle me faisait sourire moi-même. Prendre les choses avec légèreté me permettait de rester positif. Je n'en considérais pas moins mon problème comme sérieux et restais à l'affût de la moindre idée qui me permettrait de le résoudre.

L'occasion se présenta quand j'aperçus une pépinière. La petite maison de briques à laquelle je sonnai faisait face au parking. L'attente sous la pluie fut longue, mais une faible lueur à travers une fenêtre m'incita à attendre. Quand la porte s'ouvrit enfin et que je pus expliquer la raison de ma venue, l'homme qui m'accueillit me fit de nouveau cruellement patienter.

Deux minutes sans bouger avaient suffi à me faire trembloter et j'étais allé me réfugier sous l'une des grandes serres pour me protéger de la bise qui accentuait mon mal-être. Une fois sous l'immense verrière, je sautillais, courais sur place et gesticulais dans tous les sens pour me réchauffer. De retour sur le pas de sa porte, l'homme m'observait, effaré.

Je me pressai dans sa direction. Vêtu d'un ciré jaune que je lui enviai, il vint à ma rencontre pour me tendre les outils qu'il avait dégotés. Je reconnus tout de suite la clé dont j'avais besoin et, en moins de temps qu'il ne fallut pour le dire, je resserrai la manivelle récalcitrante. J'étais prêt à repartir. Je grimpai sur mon vélo en remerciant l'inconnu. Il se hâta de rentrer chez lui. Aucun de nous deux n'avait envie de s'éterniser dans un débat philosophique. Moins d'un kilomètre plus tard, toutes mes pensées étaient tournées vers mon sauveur tandis que je gravissais, à deux jambes, la pente à douze pour cent d'une colline sortie de terre au milieu de nulle part.

Les heures défilaient et la pluie ne semblait pas vouloir faiblir. J'étais déboussolé. Sans carte depuis mon arrivée en Angleterre, j'avais besoin de me localiser pour me réorienter. Figé devant la réception d'une ancienne chaumière isolée qui avait été reconvertie en hôtel de grand standing, j'observais mon reflet dans la vitre. Mon accoutrement était aussi sale et dégoulinant qu'une vieille serpillière récemment utilisée. Après avoir poussé la porte, je fis un premier pas puis m'arrêtai net face au décor luxueux, n'osant pas m'aventurer plus loin que le tapis de l'entrée.

Un massif comptoir de chêne, bruni par les ans et au-dessus duquel trônaient des centaines de bouteilles parfaitement alignées, s'étirait d'un bout à l'autre de la pièce. Une âme solitaire était accoudée au bar. Assis sur un tabouret haut, l'homme scrutait le fond de sa pinte de bière comme pour y prédire l'avenir ou implorer le retour du soleil. Il m'aperçut du coin de l'œil et me fit signe d'avancer sans peur de salir quoi que ce soit. Je m'exécutai.

— On est en Angleterre ici, c'est normal de rentrer mouillé dans les bars !

J'avais quand même de la pitié pour le plancher d'époque que j'étais en train d'inonder.

— Il en a vu d'autres, relança-t-il. La pluie fait partie du charme de nos contrées et les auréoles qui ornent le sol sont les marques du passé. Qu'est-ce qui t'amène mon petit en cette jolie journée ?

— Je cherche à comprendre où je suis et comment me diriger au mieux vers Douvres en contournant Londres, expliquai-je en lui tendant le morceau de papier qui me servait de carte.

Par capillarité, le contact sur la feuille de ma peau flétrie avait dilué l'encre et les noms des villes que j'y avais notés étaient illisibles. Je parvins à citer un grand nombre d'entre elles de mémoire et mon interlocuteur les recopia sur la serviette de table dont il venait de s'emparer, en prenant soin d'ajouter les distances qui les séparaient. En me rendant ma nouvelle carte de fortune, il me décrivit avec précision la route sur laquelle je devrais bifurquer pour éviter des détours inutiles jusqu'à ma prochaine étape. Je relus ses instructions à plusieurs reprises pour les imprimer dans mon cerveau, avant de retourner sous la pluie pour en finir avec cette journée dantesque.

J'avais failli rater la petite route que l'homme m'avait conseillée car, sans mes lunettes, je percevais tardivement les panneaux directionnels. Une voiture s'était arrêtée au carrefour en me voyant hésiter. La femme qui la conduisait baissa sa vitre, sans se soucier d'être mouillée. Elle m'interpella.

— Vous ne pouvez pas passer par là, la route est inondée.

— À quel point ?

— Jusqu'au milieu des roues.

— Ça devrait passer, répondis-je en me remémorant certains raccourcis polonais épiques où l'eau avait atteint le sommet de mes pneus.

La route s'inclinait et je me laissai emporter par la pente en espérant prendre assez d'élan pour parvenir à atteindre la rive opposée de l'immense cuvette qui s'était formée, sans avoir ni à pédaler ni à mettre pied à terre. Quelques centimètres avant le grand plongeon, je pliai les genoux et posai mes pieds sur le dessus du cadre. Ma vitesse chuta brutalement lorsque ma roue pénétra dans l'eau.

Le vélo progressait seul et j'avais déjà dépassé le milieu de la flaque quand je commençai à douter du succès de mon entreprise. Comme un funambule, je balançais les jambes pour ne pas perdre l'équilibre. Faire trempette dans une piscine boueuse n'avait rien de très enviable. L'enfant qui sommeillait en moi s'était cette fois profondément enfoui et je n'avais plus le cœur à jouer. L'asphalte se rapprochait, lentement, très lentement, trop lentement. À la limite de la chute, je reposai les pieds sur les pédales pour relancer mon allure. Mes semelles avaient à peine effleuré l'eau. J'avais franchi l'obstacle avec brio. Combien d'autres m'attendaient ?

La tête enfoncée dans les épaules, je roulais sur des vallons battus par le vent. Les routes de campagne auraient pu être agréables par beau temps, mais ma motivation était tombée à zéro. Je me sentais las des tonnes de litres d'eau dont j'étais imbibé et qui me glaçaient dès que je m'arrêtais. Les fermes parsemées au milieu d'immenses parcelles agricoles me donnaient malgré tout l'espoir de trouver rapidement de l'aide. J'en avais plus que jamais besoin.

Ce moment de la journée était devenu celui que je préférais. En plus de savoir que j'approchais de l'instant où je pourrais de nouveau enfiler des vêtements secs et savourer un café chaud, ma curiosité quant au refuge que j'allais trouver était à son paroxysme. De jour en jour, trouver un abri plus original que celui de la veille était presque devenu un jeu. Il s'agissait de l'unique chose qui égayait encore mes journées dans ce périple humide et l'envie de faire des rencontres me poussait à continuer. Au réveil, j'attendais déjà le soir avec impatience.

Au fond d'une piste caillouteuse, je découvris un curieux mélange de vieilles granges en pierre et d'imposants entrepôts en tôles vertes qui ne s'intégraient pas du tout dans le paysage. Je déambulais entre les bâtisses à la recherche du fermier propriétaire des lieux quand Allan m'accueillit, décontracté. Il avait le contact facile et la fluidité de nos premiers échanges déboucha vite sur une balade dans les champs.

Le jeune agriculteur, qui devait tout au plus avoir mon âge et avait déjà deux enfants, m'emmena au milieu des pâtures au sol glissant. Sur notre passage, un troupeau de moutons indifférents à la pluie se divisa. L'inquiétude me gagnait à mesure que nous nous enfoncions dans la prairie dont l'état finissait de ruiner mes baskets. Mes pieds s'enfonçaient dans un mélange de boue et de bouses qui, à plusieurs reprises, faillit me déchausser.

— Ça va ? me demanda Allan en ralentissant pour m'attendre alors que je m'embourbais.

— Oui, de toute façon, aujourd'hui, je n'ai plus aucun espoir de rester propre.

— C'est vrai que tu es dans un sale état avec ces vêtements qui dégoulinent de partout. Tu as mauvaise mine, ça fait presque pitié à voir.

Je fus alors surpris, au vu de sa remarque, qu'il m'ait demandé de le suivre vers un lieu encore plus effroyable et crasseux que je ne l'étais moi-même. Il reprit la marche d'un pas cadencé, semblant sûr de son fait.

Je m'en voulais de m'être laissé emporter dans cette mésaventure et je réfléchissais à la manière de m'en sortir sans offenser Allan qui cherchait à m'aider. Sous prétexte que j'avais froid et que j'étais trempé, je n'étais pas prêt à dormir n'importe où, d'autant que j'avais du temps devant moi avant la tombée de la nuit. Même si je n'étais pas en mesure d'être exigeant, ce soir, je souhaitais trouver un lieu au minimum confortable, pour pouvoir sécher un peu, me réchauffer et reprendre des forces pour la nouvelle bataille du lendemain.

Le vent s'engouffrait dans le hangar ouvert de part en part dans lequel nous venions de pénétrer. Je n'avais qu'une seule envie : faire demi-tour ! Mais, par respect pour Allan, je me devais d'aller au bout des choses. Le mélange d'odeurs d'excréments liquéfiés et d'urine de moutons dont le sol était recouvert me piquait le nez.

— Allan, commençai-je, excuse-moi, mais...

Il ignora mon intervention alors que j'étais sur le point de lui avouer, avec le plus de tact possible — ce qui n'est pas ma spécialité —, que l'insalubrité des lieux me mettait mal à l'aise. Puis, après avoir contourné une remorque de transport d'animaux, il ouvrit les bras :

— Tadaaaa ! Je te présente ton hôtel.

J'avais honte d'avoir pensé à mal. Les yeux pétillants et le sourire aux lèvres, je découvris le conteneur réaménagé en cabinet de vétérinaire qu'Allan me proposait. Sans en avoir conscience, il était en train de m'offrir un merveilleux cadeau. Cela faisait très longtemps que, pour m'amuser à allonger la liste des endroits originaux où j'avais dormi, je cherchais à passer la nuit dans cet espace saugrenu. J'avais tenté à plusieurs reprises, sans jamais y parvenir.

Depuis l'extérieur de la grande boîte métallique, je pouvais apercevoir un matelas déposé sur quelques palettes pour former un lit douillet. Une table et sa chaise avaient été placées sous la grande fenêtre découpée dans la tôle. En arborant un grand sourire, Allan m'invita à entrer pour me montrer la cerise sur le gâteau.

— Avec ça, dit-il en me désignant le poêle à bois, tu devrais te réchauffer rapidement.

— Vous êtes sûr que ça ne craint rien dans ce lieu confiné ? Je ne suis pas très à l'aise avec le feu dans les petits espaces. J'ai toujours peur d'être intoxiqué pendant mon sommeil.

— Mais non, ne t'inquiète pas, je vais l'allumer pour toi et je te rapporterai du bois plus tard. Tu ne vas pas regretter, tu verras.

Comme promis, il lança le feu et l'idée était brillante. Aussitôt le poêle en marche, mon corps retrouva de sa vigueur et mes mouvements commencèrent à se fluidifier. Mes habits séchèrent plus vite que je ne l'aurais cru, en dégageant un gros nuage de vapeur qui s'évaporait du tissu. Allan avait étalé, tout autour de ma chambre d'hôtel improvisée, de la paille fraîche qui avait assaini le sol, ce qui me permettait de flâner dans le hangar sans risque de glissade. Je me sentais gêné d'avoir douté de lui quand je regardais combien j'étais bien installé.

J'étais heureux de constater comment, malgré les circonstances, j'avais réussi à gérer la journée sans prendre froid. Allan n'avait pas beaucoup de temps pour discuter, pris entre sa vie de famille et les bêtes dont il devait s'occuper. Cela avait été une chance inespérée de le rencontrer. J'en étais conscient. Mais je me disais aussi que ma constante attitude positive m'avait sûrement permis de m'en sortir, même si, à aucun moment de ce jour sans fin, l'idée de repartir sec le lendemain ne m'avait effleuré l'esprit. Quelle idée, aussi, de ne pas avoir renfilé mes habits de pluie ! Je n'étais pas près d'oublier ce que m'avait coûté cette infime erreur. Je remplis le poêle au maximum avant de m'étaler sur mon lit. La pluie diabolique m'avait soutiré une énergie folle.

Oui, j'en avais bavé. Pourtant, j'avais réussi à prendre du plaisir. La vie au grand air est un exercice exigeant, difficile et très fatigant, mais le fait de ressentir l'impétuosité des éléments, sans pouvoir y échapper, me ramène sans cesse à ma condition d'être vivant microscopique, une particule à l'échelle de l'Univers. Cela m'enseigne l'humilité. Mère Nature sera toujours plus forte que moi : elle me l'a souvent démontré. Néanmoins, dans sa toute-puissance, aussi rude puisse-t-elle être avec moi, je sais qu'elle me donne tout ce dont j'ai besoin pour vivre et, pour cela, je lui offre mon infini respect. Sans elle, je ne serais rien. Je suis moi-même nature. La connexion étroite et le lien singulier que j'entretiens avec elle au quotidien me permettent de ne jamais l'oublier.

Assommé par la fatigue et la douce chaleur qui irradiait dans la pièce, je m'endormis en pensant que je devais encore accélérer le rythme pour fuir ce pays maudit.

Jour 8

La grange à nettoyer

Les prévisions météorologiques ont été inventées par l'Homme afin qu'il puisse adapter ses activités en fonction du ciel. Mais à quoi me servait-il de me renseigner sur le temps du lendemain puisque je savais que je pédalerais, quoi qu'il arrive ? Pour me donner de l'espoir ou anéantir mon moral peut-être ? J'avais, par conséquent, arrêté de m'informer. Ma météo à moi se résumait à ouvrir la porte de mon abri au réveil et constater. Il ne pleuvait pas. Ce matin-là, un nuage s'étirait à l'infini, chapeautant la vallée en contrebas. Depuis le mont où j'avais dormi, il m'aurait suffi de descendre à travers champs pour poser le pied sur la masse cotonneuse. Dans la pâture, les moutons se perdaient dans la brume. En route.

Londres se trouvait à bonne distance, mais je pouvais ressentir ses trépidations. Les petites routes avaient laissé place à de larges axes encombrés et bruyants. La capitale, même de loin, attirait comme un aimant la moindre carcasse métallique capable de rouler. Les hommes venaient butiner la ville à grands coups de pots d'échappement ; quant à moi, je cherchais à m'éloigner de cette frénésie et dévorais des yeux les forêts que je devinais à l'horizon. La nature m'appelait, comme pour me signaler que je l'avais délaissée depuis bien trop longtemps. Toi aussi tu me manques ! avais-je envie de crier.

Par chance, l'itinéraire le plus rapide que les locaux m'avaient conseillé me faisait traverser quelques écrins de verdure. Je me nourrissais de leur énergie en admirant les grands chênes et les bouleaux dégarnis dont le feuillage se décomposait au pied des troncs. L'humidité était omniprésente, l'air froid, mais mes poumons et mon esprit se gorgeaient de cette fraîcheur revigorante. Il ne pleuvait toujours pas.

Les kilomètres avaient défilé et je m'étais surpris à progresser avec facilité. Les efforts, la douleur et l'inconfort, sur le vélo, en voyage, comme dans la vie, ne m'ont jamais fait peur. Je n'ai jamais eu un corps d'athlète — je suis plutôt affûté avec mes soixante-deux kilos tout mouillé — et j'ai toujours compensé ce physique par un mental d'acier. Ma volonté a souvent pris le relais de mes jambes au cours des soixante mille kilomètres que j'ai déjà parcourus à travers l'Europe. Tenace, je pourrais même presque dire que j'apprécie la difficulté. Elle me permet d'aller au bout de moi-même et, bien plus encore, de dépasser mes limites insoupçonnées. J'ai toujours demandé beaucoup à mon corps que j'ai souvent oublié d'écouter. Il a parfois rompu, comme lorsque j'avais dû être opéré de hernies, un an auparavant. Mais depuis que le chirurgien les avait réparées, à l'instar d'une voiture qui sort du garage, la machine ronronnait. J'étais en pleine forme.

Le cours d'eau au bord duquel je m'étais installé pour déjeuner m'emplissait de nostalgie. L'endroit aurait été parfait pour bivouaquer. Les branches d'arbres au feuillage persistant s'inclinaient à la perfection pour me protéger de l'humidité à l'endroit où je m'étais assis. L'herbe était grasse. Après s'être enfui en donnant l'alerte à ses congénères, un geai des chênes était revenu se poser près de moi. L'eau de la rivière faisait quelques remous en se heurtant aux rochers qui obstruaient son lit. Comme j'aurais aimé avoir une tente digne de ce nom à cet instant, pensai-je, mais j'avais choisi mon matériel et j'en assumais les conséquences.

Le vacarme de la ville m'avait ramené à la réalité alors que j'errais sur les boulevards, à la recherche d'un outil pour vérifier le serrage de mon pédalier. Dans le premier garage où je m'étais arrêté, les deux employés auxquels je faisais face m'avaient ignoré sans scrupules. J'avais attendu un long moment en respectant leur activité débordante, puis j'avais quitté les lieux sans un mot. Dans le second atelier, un jeune mécanicien s'était intéressé à moi, avant de me chasser avec violence quand je m'étais approché de son établi pour lui désigner la clé que je souhaitais lui emprunter. Il avait cru que je cherchais à le voler. Je fuis la ville et son agressivité sans tarder.

J'avais réalisé une belle progression et la journée touchait à sa fin alors que je m'étais égaré dans la jungle urbaine. Les gens avaient du mal à me remettre sur mon cap et je devais faire appel à mon instinct pour m'orienter. En parvenant à la lisière de l'agglomération, je choisis la rue la plus calme que j'aperçus, en espérant qu'elle me permettrait de rejoindre la ville suivante, en ligne droite. Une passante me confirma que j'avais pris la bonne direction, mais m'annonça une longue ascension. Les quatre-vingt-dix kilomètres que j'avais dans les jambes se ressentaient dans ma cadence saccadée. Je commençais à survoler l'Angleterre à coups de gros braquet. Il n'avait pas plu de la journée et cela m'avait beaucoup aidé.

Le début de la montée était très raide et m'obligea à passer le petit plateau. Les yeux écarquillés, un homme fixait mon chargement insolite pendant que je moulinais. Mes cuisses brûlaient. Pourquoi les difficultés les plus importantes se dressent-elles toujours devant moi en fin de journée, quand je suis fatigué ? Je me mis à transpirer. Chaque tour de pédale m'arrachait une énergie que je n'avais plus. Je puisais dans mes ressources mentales pour avancer à la vitesse d'un escargot sur une pente digne des rues de San Francisco et j'avais mal. Une femme m'encouragea. J'avais pris de l'altitude et profitais ainsi d'une splendide vue sur la plaine. Le paysage qui s'offrait à moi rendait la douleur un peu plus supportable. Quels que soient les efforts que j'avais fournis dans la vie, ils m'avaient toujours récompensé.

Sachant qu'il sonnerait le glas d'une longue journée de vélo, j'attendais avec impatience le point culminant de la colline ainsi que le moment propice pour commencer ma recherche d'abri. Même si le ciel était clément, je n'envisageai pas de changer ma tactique. Un bourdonnement de plus en plus perceptible m'intriguait à mesure que j'avançais. Je n'avais pas conscience de la mauvaise surprise qui m'attendait au sommet.

Un nombre incalculable de voitures et de poids lourds étaient venus s'agglomérer sur un immense rond-point qui ne parvenait plus à distribuer le trafic. Si j'avais su cela au pied de la montée, je l'aurais contournée. Je fonçais droit vers une voie rapide longue de vingt-cinq kilomètres. Je m'en voulais de ne pas m'être renseigné davantage.

Au bar, où je me ravitaillais en eau pour la nuit, la serveuse, qui semblait ne pas avoir la moindre idée de ce que voulait dire faire du vélo, m'expliqua mes différentes options. Je n'en avais que deux : emprunter la route nationale que je venais d'apercevoir et qui représentait le chemin le plus court, mais aussi le plus dangereux — si, si, à vélo vous pouvez, insista-t-elle — ou redescendre le mont que je venais de gravir pour rattraper une départementale qui serpentait dans la forêt, mais doublait la distance à parcourir. En voiture, ça ne fait qu'un quart d'heure de détour, ajouta la femme... J'étais un peu abattu d'avoir fait tant d'efforts pour en arriver là. J'avais parcouru cent kilomètres dans la journée et mes jambes me suppliaient de les laisser tranquilles. N'ayant plus la lucidité suffisante pour prendre de bonnes décisions, je repoussai le choix au lendemain. Encore fallait-il que je réussisse à me loger dans les environs, ce qui ne paraissait pas évident. Dans tous les cas, je ne pouvais pas rester planté au milieu du rond-point et devais avancer dans l'une des deux directions que l'on m'avait suggérées.

Têtu, idiot, ou déterminé ? Je ne saurais dire lequel de ces qualificatifs me convenait le mieux à cet instant, mais ma devise « *Ne jamais revenir en arrière* », enfreinte à deux ou trois reprises en quelques années, me magnétisait vers la route que j'avais d'emblée envisagée, la plus risquée. Quelques années auparavant, j'avais pédalé sur une deux fois six voies pendant quatre-vingts kilomètres pour pénétrer dans Istanbul et je pensais donc pouvoir gérer ce passage délicat. Après plusieurs hésitations, je m'élançai pour m'insérer dans la circulation.

Quelques dizaines de mètres sur cet axe infernal, cumulés à ma fatigue, suffirent à me convaincre que l'entreprise n'était en réalité que de l'inconscience. Les conducteurs qui quittaient l'embranchement, où ils étaient bloqués depuis un long moment, me frôlaient comme des furies. Je devais sortir au plus vite du guet-apens dans lequel je m'étais moi-même engouffré, mais c'était sans doute la chose la plus difficile à réaliser maintenant que je m'y étais engagé. J'avais pris une mauvaise décision et je me sentais en danger.

Une étrange piste cyclable était signalée de l'autre côté de la route, mais rejoindre cet espace sécurisé relevait du suicide. Je ne savais plus quoi faire. J'étais pétrifié sur la bande d'arrêt d'urgence, recherchant une échappatoire, quand un semi-remorque vint à mon secours sans le savoir en obstruant le grand carrefour giratoire. Je saisis cette chance inespérée en traversant la chaussée avec vivacité pour rejoindre la voie réservée aux cyclistes, ma zone de survie délimitée par deux lignes blanches peintes au sol. Je suivis ces dernières du regard. Elles menaient à un talus pentu que je gravis sans attendre, en poussant le vélo avec l'énergie de l'adrénaline. Sans transition, je passai d'un axe meurtrier à de calmes prairies clôturées de barbelés. La tension redescendit. Je me sentais en sécurité. La campagne m'entourait.

Seules deux habitations jouissaient de l'impasse paisible dans laquelle je venais de débarquer. Une construction en bois d'une autre époque était plantée au milieu des hautes herbes. Elle représentait l'espoir inouï d'un refuge. Il ne me restait plus qu'à découvrir comment y accéder, mais, surtout, à trouver à qui appartenait la bâtisse.

En face de la pâture, un homme profitait du beau temps pour tondre sa pelouse. Je m'écorchai la voix pour qu'il se rendît compte de ma présence. Il approcha.

— Bonjour, je me demandais si cette grange vous appartenait.

— Non, c'est celle du voisin en haut de la rue.

— D'accord, merci pour l'information.

La pente était si forte, que je n'avais plus la force de pédaler. J'abandonnai mon vélo là où il se trouvait et je m'aidai des mains en poussant sur mes genoux pour grimper.

Trois yorkshires surexcités, qui hurlaient de l'autre côté du portail devant lequel je me trouvais, faisaient office de sonnette. Les chiens alarmèrent leur propriétaire qui, au loin, passa la tête par la porte en criant pour les calmer. Elle m'aperçut et vint à ma rencontre. Je réitérai ma demande.

— Bonjour, est-ce que la grange un peu plus bas vous appartient ?

La réponse fut en toute logique positive et je poursuivis.

— J'aurais souhaité savoir si vous accepteriez que j'y passe la nuit. Je voyage à vélo et je redoute qu'il ne pleuve ce soir.

— Je ne sais pas, me répondit-elle, il faudrait que j'en discute avec mon mari, mais il n'est pas à la maison. Il devrait rentrer d'ici une dizaine de minutes, si vous pouvez attendre…

— D'accord, je vais patienter. Merci.

Elle retourna chez elle en emportant ses chiens.

Un gros 4x4 blanc apparut en haut de la rue avec une précision de métronome. Dix minutes s'étaient écoulées. Le véhicule se gara devant moi, vitre baissée.

— Bonjour, c'est à vous qu'appartient la grange dans la prairie d'en bas ? demandai-je pour être sûr que je m'adressais à la bonne personne.

— Oui, me répondit l'homme, surpris.

— Super ! Je suis content de vous voir. Je viens de parler à votre femme et elle me disait d'attendre votre retour pour vous demander l'autorisation d'y dormir cette nuit.

La femme fit une nouvelle apparition en entrouvrant la porte au loin et le couple s'interrogea du regard. Ils hochèrent la tête à plusieurs reprises et se mirent d'accord sans un mot.

— C'est bon, tu peux rester, mais il faudra que tu nous la rendes dans le même état qu'on te l'aura prêtée, précisa-t-il.

— Évidemment, ne vous inquiétez pas pour ça.

— Très bien, suis-moi. Le seul problème est que le portail du pré ne s'ouvre pas, il faudra que tu enjambes le barbelé.

Nous redescendîmes au niveau de mon vélo et il me montra le passage.

Cette mission de fin de journée ne m'enchantait guère, d'autant que je devrais la répéter à l'inverse au petit matin, mais c'était le prix à payer pour dormir au sec et le dernier effort de la journée avant de pouvoir allonger mes jambes.

— On peut aller jeter un œil avant que je ne commence à passer toutes mes affaires ? demandai-je pour vérifier que l'intérieur de la bâtisse était exploitable et éviter toute dépense d'énergie inutile.

— Bien sûr. Comment t'appelles-tu ?

— Bastien, et vous ?

— Moi c'est Jack. Enchanté.

Le bâtiment était mal entretenu. Des plantes grimpantes envahissaient une bonne partie de la façade et Jack eut du mal à ouvrir la porte malgré ses larges épaules. En entrant, il fut lui-même surpris de constater combien une partie du toit était délabrée.

— Je ne me souvenais pas que c'était aussi mal rangé, dit-il de sa voix un peu bourrue en redécouvrant l'intérieur.

Ça fait longtemps que je ne suis pas venu ici.

Des pièces de moteur de tracteurs et de vieux outils rouillés jonchaient le sol. Des pots de peinture avaient dégouliné sur la dalle de ciment qui se fissurait par endroits. Des matériaux de construction pour la maison s'entassaient dans tous les coins. Jack, un vrai campagnard qu'on aurait cru tout droit sorti d'un ranch du Texas avec son chapeau de cow-boy, ne se démonta pas pour autant et tenta de me vendre les lieux comme confortables.

— Il y a une fuite sur le toit de la seconde pièce, mais dans cette partie tu seras bien au sec. Si tu veux, tu peux utiliser tous les panneaux d'isolant qui se trouvent au fond et les étaler sur le sol de ce côté-ci pour te faire un matelas. Ça te va ?

— Oui, c'est très bien. Ne vous inquiétez pas, je vais me débrouiller avec tout ça, dis-je en effectuant un mouvement circulaire du bras pour faire référence à l'amas d'objets qu'il n'avait pas pris la peine de mentionner.

Même s'il était loin d'être le plus luxueux des abris, cet endroit me convenait parfaitement. Dans le passé, j'en avais réaménagé de bien plus repoussants pour m'en faire des cocons. Je me remémorai la phrase d'introduction de mon hôte : « il faudra que tu nous rendes l'endroit comme il était ». J'allais même faire mieux que ça. C'était toujours ce qui se passait quand je dormais dans des maisons abandonnées : je les quittais mieux rangées et plus propres que lorsque j'y étais arrivé. Aussi salissant et ingrat que soit ce travail de nettoyage, j'adore transformer des taudis en nids presque douillets. Ce qui me dérangeait le plus à cet instant, c'était d'avoir à continuer de travailler dur pour me faire un peu de place. J'étais si fatigué. Mais c'était un refuge et cela ne se refusait pas.

Je me mis au travail sans attendre alors que Jack était rentré chez lui. Je ramassai les objets un à un et les rangeai, de la manière la plus organisée possible, sur des étagères situées dans un coin de la pièce. Cela me prit du temps et j'aurais pu mieux faire, mais pour n'y passer qu'une nuit, je ne voulais pas non plus trop me casser la tête. Avant d'emménager, il me fallut donner un dernier coup de collier pour faire passer vélo et bagages au-dessus de la clôture barbelée, en tentant de ne pas arracher mon pantalon, puis réaliser plusieurs allers-retours en traversant les hautes herbes qui poussaient sur un terrain cabossé. Pour finir, avant de pouvoir me reposer, je partis chercher de l'eau, muni de mon appareil photo pour montrer au couple comment j'avais agencé les lieux. Jack sourit.

— Attends une petite minute, me demanda-t-il en criant presque, pour que sa voix soit audible au-dessus du boucan du périphérique qui passait en contrebas de son jardin.

— Ils ont construit la route après que vous avez acheté votre maison ?

— Non, non. Elle était déjà là quand on est arrivé.

— Et ça ne vous dérange pas ?

— On s'habitue à tout, tu sais.

— Je sais, je sais, croyez-moi.

— Je reviens, conclut-il.

Je patientais, sidéré par le bruit et intrigué par la raison pour laquelle Jack m'avait demandé d'attendre.

— Tiens, c'est parce que tu as fait du bon travail, me dit-il en me tendant un sachet rempli de victuailles. Repose-toi bien. Si tu as besoin de quoi que ce soit, n'hésite pas à venir nous voir.

— Oh, merci, c'est trop gentil, dis-je en jetant un œil dans le paquet. Fallait pas ! Bonne soirée à vous.

Jack m'avait préparé un colis contenant de belles surprises, dont des biscuits apéritif et de la bière pour la soirée, ainsi que du chocolat et des barres énergétiques pour le lendemain. Assis sur une pierre, j'observais les derniers rayons du jour se coucher derrière la colline en savourant ma *Guinness* qui célébrait la fin d'une longue journée.

Le soleil qui me réchauffait jusqu'à présent disparut derrière la crête pour laisser place à l'humidité. Je me réfugiai alors dans la grange dans laquelle la brise s'engouffrait, amplifiant la sensation de froid. Je refermai la porte autant que je le pus pour atténuer le courant d'air et filai me glisser au fond de mon duvet. Je m'écroulai de fatigue en une seconde, comme tous les soirs désormais.

Jour 9

Le porche de l'église

Vélo — Tesco[6] — Dodo était ma routine du moment. Le reste m'importait peu. Je me levais, enfourchais ma bicyclette, enchaînais les kilomètres, me ravitaillais en ville, poursuivais ma route, avançais jusqu'à ce que la lassitude me gagnât, cherchais un abri, cuisinais et me recouchais jusqu'au matin suivant. Chaque jour, je pédalais un peu plus que la veille et ma fatigue allait en augmentant, même si je n'en tenais pas compte. De plus en plus proche de mon objectif, je roulais sans réfléchir contre vents et marées.

La nuit m'avait porté conseil. Si je cherchais à me déplacer vite, cela ne voulait pas dire pour autant que j'étais prêt à prendre des risques inconsidérés. J'avais décidé de faire un détour pour éviter la dangereuse route qui s'était mise en travers de mon chemin. Je naviguais à l'aveugle en m'adaptant à chaque carrefour.

L'humidité, qui s'était accumulée au sommet de la colline durant la nuit, me faisait frissonner. Gants, écharpe,

6. Tesco est l'un des plus grands groupes de distribution alimentaire au Royaume-Uni.

cache-cou et veste rembourrée avaient pris place bien en évidence sur mon porte-bagages et je ne résistai pas longtemps avant de les enfiler en redescendant le mont que j'avais gravi la veille. La route traversait les bois et, si la pluie n'avait toujours pas fait son apparition, la brume se faufilait tel un fantôme entre les arbres pour m'envelopper.

J'avais découvert un raccourci qui plongeait par d'étroits chemins dans de profonds vallons. La forêt s'était épaissie et les pentes raides m'inquiétaient. Mes freins, bien entamés, n'avaient plus aucune efficacité sur le bitume détrempé qui ne devait pas avoir vu le soleil depuis une éternité. J'étais crispé.

À l'approche d'un virage serré, je tentai de ralentir avec les semelles de mes chaussures, en vain, quand un somptueux cheval blanc jaillit de la courbe en trottinant. Il se cabra à ma vue tandis que mon vélo, qui s'était couché sur le flanc, poursuivit sa course jusque dans les buissons à la lisière des bois. J'avais eu le réflexe de sauter de ma selle et j'atterris sur les pieds. Les sabots du destrier claquaient sur l'asphalte. Quelques secondes de silence s'imposaient. Le cheval relâcha la pression en hennissant.

Je remontai vers la ville sur une longue départementale arborée qui me donna du plaisir, malgré les infectes conditions automnales. La petite bibliothèque dans laquelle je m'installai était agréable, elle aussi. Je m'y étais arrêté pour casser mon train-train cyclopédique, recharger mes batteries — au sens propre comme au figuré — et m'octroyer un sec et chaud répit. Les fruits que j'avalai en grande quantité en quittant l'édifice culturel finirent de me redonner suffisamment d'énergie pour en découdre avec les éléments.

La météo de l'après-midi alternait sans cesse entre un timide rayon de soleil, qui se cachait derrière de légers nuages, et un vent désespérant, qui se déchaînait en une avalanche de lourdes gouttes froides. J'avais réussi à ignorer ces changements en conservant un rythme de pédalage soutenu et ma progression journalière avait été efficace. Je choisis de m'économiser un peu et me mis en quête d'un abri. J'en ressentais l'urgence en observant le ciel noir qui plombait l'horizon, au-dessus des toits de la ville.

Le temps se dégradait très vite : une course contre la montre débutait. Je ne sélectionnais plus les habitations en fonction de ce qu'elles m'inspiraient. Chaque ferme isolée ou maison forestière faisait l'objet d'un arrêt et d'une demande d'hébergement. J'expliquais poliment mais brièvement ma situation, puis demandais : « Pouvez-vous m'héberger ? ». J'allais droit au but. « Oui ? Non ? ». J'attendais qu'on me réponde sans tergiverser. Les refus se répétaient et la distance qui me séparait de la ville fondait à chaque tour de pédale. L'orage imminent me mettait sous tension.

Je m'enfonçai dans une interminable allée de gravier au bout de laquelle apparut une immense villa de plain-pied, avec ses écuries, implantée sur un gigantesque terrain dont je ne pouvais apercevoir les limites. Deux roulottes colorées, fraîchement repeintes, illuminaient un gazon impeccablement tondu. Je devais à tout prix saisir cette chance.

Personne ne répondant à mes appels lorsque j'utilisai la sonnette du portail, je m'autorisai à ouvrir la barrière pour me faufiler à l'intérieur de la propriété. En faisant le tour de la maison et des box à chevaux, je signalai ma présence en lançant de grands « Y'a quelqu'un ? ». Pas de réponse. En pressant le pas et dépité, je retournai au vélo fermement décidé à traverser la ville dans les plus brefs délais.

Alors que je m'apprêtais à partir, une voiture remontait l'allée dans ma direction. Quelle aubaine ! La conductrice m'interrogea du regard à travers le pare-brise. J'avais reposé le vélo pour pouvoir me mouvoir avec aisance et attendis qu'elle parvienne à mon niveau. Je sentis que je devais faire preuve de tact, de douceur et de prévenance. Je m'exprimai avec lenteur et clarté, enveloppant mon discours d'un ton presque mielleux.

— Bonjour madame, ma demande risque de vous surprendre, mais je suis à la recherche d'un abri pour dormir et, par le plus grand des hasards, j'ai aperçu vos jolies roulottes. Je me demandais si vous accepteriez que j'utilise l'une d'entre elles pour y passer la nuit, sachant que je repartirai demain à la première heure.

J'avais mis tout mon cœur et toute mon expérience dans cette quasi-supplique. Ses yeux s'étaient écarquillés.

— Je ne sais pas trop, mon mari n'est pas là et je ne peux pas décider seule.

— Peut-être pourriez-vous lui téléphoner pour lui demander ? suggérai-je en tentant de ne pas trop la brusquer.

— Je vais essayer, dit-elle d'une voix peu convaincue,

avant de fouiller dans son sac à main pour s'emparer du téléphone portable et de refermer la vitre de la voiture.

Afin de mettre cette dame à son aise, je pris mes distances en retournant aux côtés de mon vélo, dans le but de lui laisser de l'espace et de ne pas l'oppresser. Dans le même ordre d'idées, j'évitai de l'observer. Je regardais tantôt mes pieds, tantôt le ciel, ne tournant la tête vers le véhicule que de temps en temps pour sourire et rappeler à la conductrice que je comptais sur elle. Si je n'aime pas manipuler les gens, certains ont besoin d'être rassurés et modifier légèrement mon comportement naturel les aide parfois à prendre une décision en ma faveur. J'affichais donc ma plus belle mine et tentais de dissimuler les taches sur mon pantalon, en pensant fort à la roulotte.

L'appel s'éternisait et malgré tous les efforts que je faisais pour me rendre présentable, je pressentais, à la longueur de la discussion et aux expressions du visage de la femme, que la réponse serait négative. Par politesse, je la laissai achever son appel téléphonique, même si j'avais envie de partir. C'était trop long. Quand elle raccrocha enfin — l'opération avait pris plus d'un quart d'heure — elle m'informa que son mari lui avait transmis le nom de quelques hôtels et auberges en ville, qu'elle commença à me citer.

— Madame… vous saviez bien que ce n'est pas ce que je recherchais…

Les énormes gouttes qui commençaient à mouiller ma veste m'avaient poussé à l'interrompre. Une moue de tristesse se figea sur son visage. Je culpabilisai de l'avoir mise mal à l'aise. Nous restâmes muets un instant, tous deux gênés.

— Je suis sincèrement désolé, repris-je la tête baissée, je vais devoir vous laisser. Il se met à pleuvoir et je dois absolument trouver où dormir. Je vous remercie beaucoup d'avoir pris le temps d'essayer de convaincre votre mari. Désolé, vraiment.

Je m'en voulais de l'avoir choquée. D'une part, en débarquant chez elle pour essayer de m'y inviter, ce qui a de quoi déstabiliser qui n'y est pas habitué ; d'autre part, en étant obligé de partir comme un voleur à cause de la pluie qui me mettait la pression, alors qu'elle essayait de m'aider. Nous avions tous deux perdu notre temps.

J'avais traversé la petite ville en quelques minutes à peine et tant mieux, mais la route sur laquelle j'avais atterri de l'autre côté grossissait à mesure de ma progression. Cela n'augurait rien de bon. L'orage avait explosé et le tonnerre me surprenait à chaque grondement.

Je sonnais à toutes les portes, de la simple maison au petit château d'apparat, et récitais de manière robotique mon discours dont le nombre de mots diminuait à chaque allocution. J'attendais un oui ou un non. Rien de plus. Pas d'excuses. Je devais faire pitié, pourtant les refus pleuvaient aussi intensément que le ciel me déversait son contenu sur la tête. Cela ne semblait cependant pas suffire à toucher les gens pour qu'ils décident de m'aider. Pour la première fois depuis longtemps, je me sentais désemparé, presque désespéré.

La route sur laquelle je me trouvais ne me plaisait pas du tout. Je n'avais plus vraiment d'idées et m'en remettais au facteur chance pour m'en sortir. J'attendais un miracle, dont je savais qu'il pouvait survenir à tout instant, et, malgré ma perte de motivation, je continuais de déranger les gens. Je savais qu'il suffisait de ne pas abandonner pour que la solution finisse par arriver. Mais non !

Après plusieurs kilomètres sans succès, je décidai de changer de tactique en m'écartant de l'axe routier sur lequel la circulation rendait mes manœuvres dangereuses à cause de la visibilité réduite. Totalement par hasard, je tournai sur ma droite pour m'enfoncer dans la campagne. J'entrai dans un charmant village et, avec une fermeté intérieure sans faille, je pris la décision que je dormirais dans ce bourg. Dans mon esprit, plus aucune autre option n'était envisageable. Je frappai à toutes les portes, sans exception. Peu s'ouvrirent et les rares personnes à qui j'eus l'occasion de parler semblèrent choquées par ma démarche. La nuit n'allait plus tarder à s'installer. Je devais absolument trouver quelque chose.

J'aperçus une couturière concentrée sur sa machine, derrière une grande baie vitrée. La regarder travailler était apaisant. L'atmosphère sereine qui se dégageait de la scène m'hypnotisait. Immobile, je restai de longues minutes à l'observer sans oser frapper à la vitre, de peur de la faire sursauter alors qu'elle s'appliquait à son ouvrage. J'attendis avec patience qu'elle interrompît son travail pour lui faire signe. Quand elle me vit, elle m'offrit un sourire radieux avant de venir à ma rencontre sur le seuil de la porte d'entrée.

L'empressement m'avait quitté. J'avais envie de prendre le temps de bien raconter mon histoire. Une aura puissante, que je ne saurais expliquer, m'avait envoûté et la femme, Sarah, avait gagné ma confiance sans rien faire. Je sentais au fond de moi que, à défaut de m'héberger, elle serait le point de départ de la solution à mon problème.

Les choses commençaient bien. En voyant mon vélo, Sarah m'expliqua qu'elle avait pratiqué le cyclotourisme dans le passé — dans un tout autre style, m'avoua-t-elle, en mode hôtel et restaurant — mais ce lien, si infime fût-il, nous permit de nous comprendre. La discussion s'était naturellement engagée sur le voyage. Elle me raconta ses étapes de Londres à Paris et j'avais déjà presque oublié que je cherchais un lieu où dormir. Je profitai de cet instant pour faire le plein de contact humain. Sa voix douce et son rire généreux me réchauffaient le cœur.

Son mari, Henry, s'était joint à notre discussion. Ils m'annoncèrent tous deux clairement qu'ils ne seraient pas en mesure de m'héberger, ce qu'ils auraient fait avec plaisir s'ils n'avaient pas été invités le soir même chez leurs amis. En revanche, ils me proposèrent d'entrer pour me sécher, le temps de boire un thé. J'acceptai avec une joie immense, ressentant le besoin de chaleur humaine qui, je le savais, me ferait le plus grand bien pour repartir à l'assaut de la nuit, les idées fraîches et empli d'une énergie nouvelle.

Le thé infusait pendant que j'ingurgitais quelques tartines de beurre de cacahuètes, en écoutant Henry me soumettre une idée. Dans le village était érigée une vieille église qui possédait un petit porche fermé sur trois faces, la quatrième étant une double porte battante qui n'avait rien à envier au plus ancien des saloons américains.

— Comment as-tu pu la rater ? me demanda-t-il. L'entrée de l'église se trouve face à la maison. Va voir pendant que le thé refroidit un peu.

Je ne m'étais absenté que quelques minutes, car la décision avait été plutôt facile à prendre. La chaleur de leur intérieur avait réduit à néant mon envie de repartir sous la pluie pendant des heures à la recherche d'un abri et celui qu'ils m'avaient recommandé était très bien, presque mignon. Il n'était certes pas entièrement clos, mais je serais néanmoins bien abrité, à la seule condition que le vent ne change pas de direction pendant la nuit. Dans ce cas, je devrais improviser.

— Alors ? me demanda Sarah quand je fus de retour dans la cuisine.

— Parfait, répondis-je avec enthousiasme et heureux d'avoir maintenant le temps de profiter de cette rencontre.

— Par contre, il y a un détail dont Henry ne t'a pas encore parlé, c'est que tu vas avoir de la visite en début de soirée.

— Qui ça ? On ne va pas me déloger j'espère ?

— Non, non, sois tranquille, me rassura Sarah. Ce sont les sonneurs de cloche. Je les connais et je les appellerai pour les prévenir que tu vas dormir sous le porche. Ils sont gentils, tu verras.

Sa prévenance me toucha et notre discussion à trois

continua un long moment. Puis, comme prévu, ils durent me quitter pour se rendre à leur dîner. Je partis m'installer.

Les sonneurs arrivèrent au moment où j'étais en train de cuisiner. Ils m'invitèrent à les suivre jusqu'au clocher, accessible par d'étroites échelles poussiéreuses.

— Cette cloche, la plus grosse, m'expliqua le conducteur de la troupe en me montrant une gravure, porte le prénom de ma grand-mère. C'est mon arrière-grand-père qui l'a fondue. Il lui a donné le nom de sa fille et lorsqu'elle est tombée amoureuse de mon grand-père, celui-ci est devenu le sonneur officiel. Lui m'a ensuite enseigné à jouer et, quand il est devenu trop vieux, j'ai pris sa succession.

De retour sur la terre ferme, les six hommes et femmes se mirent à jouer de concert en actionnant chacun une cloche à l'aide d'une énorme corde terminée par un pompon qu'ils tenaient fermement dans les mains. Lorsque le cordage montait, leurs pieds se décollaient du sol. La symphonie, presque une cacophonie pour un non initié, était assourdissante depuis l'intérieur de l'église et devait résonner loin dans la campagne.

Une heure plus tard, je dormais comme un loir, à moitié sourd, mais parfaitement abrité de la pluie et du vent. Seul le bout de mon nez dépassait de mon mauvais duvet qui commençait à atteindre ses limites.

Jour 10

Le studio flambant neuf

Treize heures, trente miles. Mes jambes commençaient à s'habituer à pédaler près du double. Je me surprenais. Plus rien ne m'arrêtait. Encore moins la pluie qui tombait de manière aléatoire. Je contournais Londres par le sud en suivant l'arc imaginaire d'un cercle parfait tracé au compas et dont la pointe aurait été plantée au centre de la capitale britannique. Chaque panneau directionnel que j'apercevais indiquait la même distance : *London 40 miles*.

Grâce aux explications précises de quelques anciens, j'avais réussi à emprunter, une bonne partie de l'après-midi, des routes de campagne minuscules. Deux voitures ne pouvaient s'y croiser. Même à vélo, je devais me rabattre pour céder un peu de place. Je rasais aussi près que possible la haute haie qui délimitait le bitume. Sans frein, j'atterrissais souvent la tête la première dans les branchages. Les semelles de mes chaussures étaient devenues trop lisses pour me ralentir sur l'asphalte gravillonné. Le crachin incessant me trempait le visage.

J'avais roulé presque toute la journée sans répit et la raideur de mes cuisses m'envoyait un message clair : tu vas jusqu'au prochain village et tu cherches où dormir. Les lieux que je découvrais chaque fois n'avaient rien d'inspirant et il était encore un peu tôt pour espérer être accueilli pour la nuit. Je devais être patient. J'en profitais pour gagner du terrain malgré mon mal de jambes.

Sur la carte mentale que j'avais mémorisée, je me voyais progresser à une vitesse fulgurante et c'était motivant. Je n'avais jamais aimé voyager aussi vite, car, pour moi, seule la lenteur est capable de venir à bout de l'immensité. Mais, cette fois, je savais pourquoi je pédalais autant : mon arrivée à Douvres était imminente et j'embarquerais bientôt sur le ferry qui m'emmènerait loin de l'Angleterre et de sa pluie désespérante. Je m'appliquais donc à trouver le bon équilibre entre une importante dépense d'énergie pour avancer rapidement et un temps de repos suffisant pour repartir presque en forme le lendemain.

Les fermes que j'avais déjà visitées ne m'avaient pas réservé un grand succès. J'interpellais les gens que j'apercevais dans leur jardin ou tapais aux portes des maisons qui dévoilaient un abri potentiel. Les refus s'enchaînaient et je connaissais toutes les excuses peu convaincantes par cœur. Je les avais entendues tant de fois durant mon grand tour d'Europe, que je pouvais presque les deviner à l'avance sur les traits du visage de mes interlocuteurs.

*

*   *

— La caravane déborde d'objets. On ne peut pas y dormir.

— Je peux l'organiser et la nettoyer pour vous si vous voulez. Tout le monde sera content. Je l'ai déjà fait plusieurs fois.

— Non, désolé.

*

*   *

À l'avant d'une maison, un couple jardinait. J'avais à peine effleuré le portail avec mon pneu à cause de mes freins défectueux que l'homme beugla :

— Ma barrière, abruti !

Surpris, alors que les époux m'observaient en silence, je restai bêtement planté devant eux, avant d'oser rétorquer :

— Je voulais juste vous demander si vous n'aviez pas un petit coin à me prêter pour passer la nuit au sec, mais au vu de votre réaction, je pense que cela ne vaut même pas la peine que je vous fasse perdre votre temps…

*

*   *

— N'ayez pas peur madame !

La femme avait fait un grand pas en arrière en ouvrant

la porte.

— Je n'ai pas peur, qu'est-ce que tu veux ? demanda-t-elle en montrant les crocs.

— Je voyage à vélo, comme vous pouvez le constater, et je suis à la recherche…

La porte s'était refermée.

*

*   *

— Désolée, je vis seule. Vous savez ce que c'est, avec tout ce qu'on entend.

Cette phrase m'ayant toujours exaspéré, même si je pouvais la comprendre, encore plus venant d'une femme, je demandai :

— Et qu'est-ce qu'on entend ?

— Vous savez bien, à la télévision, tout ça…

J'avais envie de donner mon avis sur le matraquage médiatique négatif en le comparant avec ma vision positive de la rencontre avec un ou une inconnue, mais je me retins pour ne pas me poser en donneur de leçons.

— Comme je viens de vous l'expliquer, je ne vous demandais pas de dormir chez vous, juste d'utiliser le petit cabanon là-bas, tout au fond de votre immense jardin. Mais je vous remercie quand même. Bonne soirée.

*

*   *

— C'est pas un camping ici.

— Ça tombe bien, ce n'est pas ce que je recherche. Mais bonjour quand même. Vous savez monsieur, vous n'avez pas besoin d'être agressif. Je venais juste vous parler.

— Je suis pas agressif, je suis occupé.

— Ah, donc être occupé donne le droit d'être agressif ?

— Dégage, c'est un terrain privé ici !

*

* *

Pendant longtemps, j'avais vu à travers toutes ces réactions de l'individualisme pur et cela me mettait en colère, jusqu'à ce que je comprenne que la peur de l'étranger se cachait le plus souvent derrière le rejet de l'autre. À partir de ce moment-là, mon cœur s'était apaisé. Depuis, je dépensais mon énergie pour mettre sur un piédestal les âmes charitables qui me tendaient la main, plutôt que de blâmer celles, effrayées, qui me repoussaient. Un « *oui* » timide a mille fois plus de valeur à mes yeux que des centaines de « *non* » auxquels je n'accorde plus d'importance… ou presque.

Je sonnai à une énième maison bourgeoise où un petit homme aux traits fripés me répondit en toute franchise :

— Je pense que ma femme va avoir peur et ne sera pas à l'aise avec l'idée. Je suis sincèrement désolé.

Je le remerciai pour son honnêteté. Avouer ses peurs, c'est déjà les affronter.

Une cagette de pommes surplombée d'un grand écriteau « *Servez-vous* » était installée sur un trottoir. Je fourrai un maximum de fruits dans mes sacoches, avant de m'asseoir nonchalamment sur une marche humide pour en grignoter d'autres. Une voiture passa devant moi et stationna un peu plus loin. La portière s'ouvrit et le conducteur vint à ma rencontre. Avec sa chemise jaune sous un tweed bleu impeccablement repassé, ses cheveux blancs cachés par un béret, l'homme, âgé d'environ soixante-dix ans, était facilement reconnaissable. C'était celui avec qui je venais de parler.

— As-tu eu plus de chance depuis tout à l'heure ? me demanda-t-il.

— Eh bien non, comme vous pouvez le constater, je suis toujours dehors.

— J'ai parlé avec ma femme et nous sommes d'accord pour te prêter une petite annexe que nous avons au-dessus du garage.

— C'est vrai ? m'exclamai-je, incapable de prononcer quelque chose de plus intelligent.

J'étais surpris qu'il ait sorti sa voiture pour venir me chercher sans savoir s'il allait être en mesure de me retrouver. Je trouvais ce geste formidable.

— Tu te rappelles où se trouve notre maison ? Tu me suis ?

— Évidemment !

Sa femme nous attendait au milieu de la cour. Ses longs cheveux crépus, dont la teinture noire était un peu défraîchie, tombaient plus bas que ses épaules sur le beau chemisier à fleurs qu'elle arborait et qui contrastait avec mon pantalon sale et mon accoutrement. J'allai à sa rencontre en souriant et Martin nous rejoignit.

— Bonjour madame.

— Je te présente Anna, ma femme.

— Merci beaucoup d'avoir décidé de m'aider, dis-je dans la direction de la dame qui, des deux, était la plus réticente à l'idée de m'héberger.

— De rien. Nous voulons juste voir ton passeport avant de te montrer l'endroit, réclama-t-elle.

— Mon passeport !? répondis-je, surpris de ce retournement de situation. Pourquoi ?

— Tu le sais bien, on ne sait jamais.

— On ne sait jamais quoi ?

Et je poursuivis sans leur laisser le temps de répondre à ma question :

— Je vais vous expliquer quelque chose, dis-je d'une voix ferme pour m'assurer d'être compris. Je ne montre jamais mon passeport dans ce genre de situation et il y a une raison simple à cela : si vous avez décidé de me loger cette nuit, c'est que vous avez senti que vous pouviez me faire confiance. Pourquoi ? Je n'en sais rien. Pour mon sourire, mon regard, ce que vous a inspiré mon vélo... Qu'importe la raison qui vous a motivés, en fait. Mon passeport ne changera rien à cela. Il ne dit ni qui je suis ni si j'ai décidé de vous voler. Je pourrais avoir de faux papiers d'identité d'ailleurs, comment le sauriez-vous ? Mais ce soir, je vais faire une exception parce que lorsque votre mari m'a ouvert la porte la première fois, il a été honnête avec moi en m'avouant que vous seriez frileuse à l'idée de faire entrer un inconnu chez vous. Avec cette seule phrase, il a gagné mon admiration. Comme je pense que vous êtes des gens très gentils qui ont juste un peu peur, mais surtout que vous avez eu le courage d'aller au-delà de vos appréhensions et, qu'en plus, vous êtes venus me rechercher sur la route, vous méritez que j'accède à votre requête. Cela ne veut pas dire que j'aime l'idée pour autant, mais votre humanité a su prendre le dessus sur vos inquiétudes, et je trouve ça beau.

Anna, grâce à ses souvenirs d'école, parlait et lisait un peu le français. Je lui mis mon passeport sous le nez et elle décrypta lentement les informations quand soudain son visage se crispa.

— Tu es turc ? s'exclama-t-elle.

— Mais non, répondis-je agacé. Mon passeport a été renouvelé en Turquie car il arrivait à expiration quand j'étais là-bas. Mais regardez, là, je suis français, je vous l'ai dit.

Je savais que ma nationalité française était rassurante aux yeux des gens. Dans tous les pays où je me suis rendu, les Français bénéficient d'une bonne image, celle du romantisme de Paris, de la grandeur de sa Tour Eiffel, de la finesse de sa gastronomie. Pour les étrangers, ce cliché ne peut pas engendrer de mauvaises personnes. Il s'agit d'un stéréotype idiot, et pourtant bien réel, que j'ai souvent ressenti dans le comportement et les paroles des gens. Je déteste l'idée qu'on me vienne en aide parce que j'ai eu le privilège de naître en France. Je veux être considéré pour la personne que je suis, sans distinction de race ou de nationalité, et je rêve qu'il en soit ainsi pour tous les êtres humains peuplant notre planète.

— Je peux voir ? demanda Anna en essayant de m'arracher le passeport des mains.

— Non, non, je vous l'ai montré, c'est déjà bien. Vous n'avez pas besoin de le prendre.

— De toute façon, pour faire une photocopie, il va bien falloir que tu me le laisses.

— Ah, mais là je vous arrête tout de suite. Il est hors de question que vous fassiez une copie de mon passeport. J'ai fait l'effort de vous le montrer alors que je ne fais jamais cela. J'ai renié un de mes principes pour vous faire plaisir et vous rassurer, mais sachez d'avance que vous n'avez aucune chance que je donne mes papiers.

— Mais c'est la loi.

— La loi ?

— Oui.

— Quelle loi ? Y a-t-il une loi qui dit que quand on décide d'aider quelqu'un dans la rue, il faut ensuite photocopier son passeport pour lui montrer qu'on se méfie de lui ? J'apprécie votre geste, mais je peux aussi bien repartir, cela ne me dérange pas. C'est simple. Soit vous avez confiance en moi, soit pas. Maintenant, c'est à vous de décider.

Le chat de la maison approcha et se frotta contre mes jambes. Je me baissai pour le caresser et le pris dans mes bras.

— Vous voyez ! Même le chat a confiance en moi, dis-je

pour détendre l'atmosphère et rassurer de nouveau Anna.

Mon stratagème semblait avoir fonctionné puisqu'elle conclut :

— Bon, tu veux la voir cette chambre ? sous-entendant que nous étions d'accord.

— Bien sûr, mais pas de passeport, insistai-je lourdement pour entériner une bonne fois pour toutes sa décision.

Elle sourit en guise d'acquiescement pour me signifier que j'avais gagné, sortit la clé de sa poche et me fit signe de la suivre.

— Tes chaussures sont sales ?

— Oui, mais je vais les retirer, ne vous inquiétez pas.

L'affaire était entendue.

Anna me fit faire le tour du propriétaire d'un petit studio vide et flambant neuf. Les murs étaient d'un blanc immaculé. Je n'osais même pas poser mes mains noires de poussière de freins sur la rampe de l'escalier abrupt dont les marches étaient recouvertes d'une moquette moelleuse. J'imaginais l'effort que ce couple de personnes âgées avait dû faire pour m'ouvrir leur porte. Découvrir l'appartement dans lequel ils avaient investi du temps, de l'énergie et de l'argent me mettait la pression. Si je faisais le moindre faux pas en salissant ou, pire, en abîmant quelque chose, ils n'accorderaient sans doute plus jamais leur confiance à un inconnu. De ma manière d'agir pouvaient dépendre les interactions futures d'autres êtres humains — c'est l'effet papillon — et je pensais en cet instant précis à une citation que j'adore : « *Chaque pensée, chaque parole, chaque action peut amener à plus de haine ou d'amour dans le monde.* » Alors, devant le geste admirable de Martin et Anna qui faisait pencher la balance du bon côté, je me devais à mon tour d'être irréprochable et, à tout prix, ne pas les décevoir.

Dans la soirée, Martin m'apporta un dîner qu'il me transmit sur le pas de la porte. Pour respecter mon intimité, en parfait représentant de la courtoisie anglaise, il n'avait pas osé s'aventurer à l'intérieur de son propre logement. Mais plutôt que ce repas offert à la sauvette, j'aurais mille fois préféré passer un moment d'échange avec ces gens, faire davantage connaissance et ne pas avoir l'impression désagréable de juste profiter d'eux en utilisant leur maison. Dans une telle situation, la fatigue aidant, je commençais à me lasser de ce petit jeu anglo-saxon.

Alors, je m'interrogeais. Était-ce à cause de la culture de la charité omniprésente au Royaume-Uni que j'avais eu, parfois, la sensation que certains de ceux que j'avais abordés s'étaient sentis obligés de m'aider ?

La réponse était-elle vraiment importante ? L'essentiel, et c'est ce qui donne à l'entraide une beauté infinie, c'est que tous ceux qui m'avaient ouvert leur porte ces dix derniers jours, comme des centaines d'autres ces dernières années, l'avaient tous fait de manière totalement désintéressée, sans jamais rien me demander en échange.

Jour 11

La grange du jardin public

Moins de trois jours de vélo me séparaient du ferry qui traverserait la Manche pour me ramener en France. Le point de mire qui se rapprochait me donnait le courage d'aller au-delà de la fatigue. Je parcourais mes quatre-vingts à cent kilomètres quotidiens et l'acide lactique, que je tentais d'ignorer, s'accumulait dans mes cuisses. Je m'étirais chaque soir pour atténuer la douleur. J'étais impatient d'embarquer.

L'épuisement qui me gagnait chaque jour davantage me faisait entrer dans une transe qui m'isolait dans un monde où le vide était omniprésent. Mes pensées ne se fixaient plus. Seul l'objectif comptait. Rien d'autre n'avait d'importance. Mon esprit s'évadait et mes jambes pédalaient. Le bruit des moteurs n'était plus qu'un lointain ronronnement que seul mon instinct de survie était encore capable de percevoir pour assurer ma sécurité.

Je m'arrêtais toutes les heures, mangeais, repartais et m'intéressais peu aux villes que je traversais. Elles étaient rares et, à ne pas avoir à m'engluer dans le trafic urbain, je gagnais un temps précieux. J'accélérais sans cesse le rythme. Les gens m'annonçaient de nouveaux orages nocturnes, mais je n'attachais aucune importance à cette donnée. Je savais que le soir venu, je serais à l'abri, quoi qu'il arrive.

La lassitude m'avait gagné et je m'étais arrêté sur le banc d'un cimetière, au sommet d'une colline. Mon regard s'évadait à l'horizon. Je rêvassais. Une méditation éveillée semblait s'être emparée de moi. J'aurais pu m'allonger là et m'endormir. J'en avais tellement envie. Une once de lucidité me poussa à partir en quête d'un toit avant de m'écrouler.

Je frappai à la première porte, au presbytère. Le prêtre m'accueillit avec nonchalance. J'avais la nette impression de le déranger, même s'il finit par me proposer de m'installer dans le hall d'entrée de l'église.

— Y a-t-il des toilettes quelque part ? lui demandai-je afin d'analyser la situation dans sa globalité.

— Parce qu'il te faut des toilettes en plus !

— C'est-à-dire que je suis un être humain comme les autres...

De nombreux souvenirs me revenaient en tête. Les anciens m'avaient tant de fois parlé de leurs aventures et de leurs nuits chez le curé, alors que je ne cessais de me faire refouler en tapant aux portes des édifices religieux. J'en étais devenu sceptique sur la légendaire hospitalité de l'Église. Le monde changeait à toutes les strates de la société.

Face au manque d'enthousiasme de l'homme de foi, j'accédai à sa volonté, qu'il n'avait pas verbalisée, de partir à la recherche d'un autre endroit où me réfugier. Je préférais reprendre la route plutôt que de m'imposer, d'autant que je redoutais de troubler la quiétude des fidèles souhaitant prier.

Je repris mon rituel et récitai mon discours. Y mettant de moins en moins d'ardeur, je récoltais des refus en conséquence. La négativité que je dégageais se retournait contre moi. Les maisons étaient très éloignées les unes des autres et une dizaine de portes s'étaient refermées, m'obligeant à parcourir de nombreux kilomètres. Peu m'importait : je me rapprochais du port.

Au fil de mes recherches, j'avais localisé un abri potentiel. Plusieurs personnes m'avaient parlé d'une grange dans un jardin public. Je pédalais jusqu'au parc pour découvrir la construction en bois. Elle avait été érigée au milieu d'une pelouse presque aussi grande qu'un terrain de foot. Le gazon n'avait rien à envier aux célèbres arènes de la *Premier League* anglaise. J'avançai dans l'herbe humide pour visiter la cabane. De loin, elle me ravissait déjà.

Assis sur le sol cimenté, je savourais l'instant. J'étais chez moi. Une immense joie m'envahit à l'idée que, même si ce n'était pas dans une tente, j'allais passer la soirée sans être soumis aux restrictions que m'imposait l'utilisation d'un lieu que l'on me prêtait. Je pouvais aller et venir à ma guise, partir me promener dans les bois attenants sans craindre de déranger ou d'être observé, de m'imposer ou de me sentir contraint. Je ne remercierai jamais assez tous ceux qui me sont venus en aide, mais ce besoin de liberté me manquait. Je m'installai.

J'avais l'impression d'avoir sauté une saison, d'être passé de l'été à l'hiver sans avoir eu le temps d'apercevoir ni se colorer les feuilles ni les voir tomber de l'arbre. À peine avais-je déballé mes affaires que la grange implantée loin de la route se retrouva plongée dans l'obscurité. Le silence m'enveloppait et me redonnait des forces. J'avais aménagé les lieux pour m'en faire un cocon de sérénité. J'y avais créé mon univers éphémère et la soirée à la frontale avait été délicieuse. Je n'avais rien fait d'autre que cuisiner, écrire, penser, mais cette simplicité était ce que j'aimais.

À l'abri du vent qui s'était levé et laissait présager de l'arrivée de l'orage, je me glissai dans mon sac de couchage à l'heure des poules. Je voulais me sentir autant en forme que possible au réveil, car je savais que si je pédalais bien le lendemain, je n'aurais plus qu'à solliciter la population une seule fois pour me loger. Alors, ce mauvais épisode pluvieux se transformerait en bon souvenir, celui d'un voyage particulier. Je m'écroulai de fatigue.

Malgré le calme de celui où je me trouvais, je n'aime pas beaucoup dormir dans les jardins publics, car ils sont souvent synonymes de va-et-vient incessants. Ils commencèrent en début de nuit, à l'heure où les jeunes de campagne ne savent plus comment s'occuper un samedi soir. Le parc devenait leur lieu de ralliement.

Une première voiture perturba mon sommeil. Le conducteur, qui devait chercher à impressionner un de ses amis ou à mettre une fille dans son lit, déployait toute sa testostérone en faisant vrombir le moteur, avant de relâcher l'embrayage pour faire patiner les pneus de son pseudo-bolide sur les graviers. Crissements et rugissements résonnaient dans la nuit. Pendant une demi-heure, le silence apaisant s'était transformé en un vacarme oppressant. La pollution sonore humaine ne cessait jamais. Les gens s'en rendaient-ils encore compte ? Pourquoi l'Homme a-t-il si peur du silence ?

Peu de temps après le départ de l'insupportable véhicule, le projecteur automatique du parking qui me servait de système d'alarme se ralluma. Le puissant faisceau traversa mes paupières et me fit ouvrir les yeux sans délai. Un petit groupe s'était formé en braillant autour d'une table de pique-nique éloignée et le volume de leurs voix augmentait à mesure que diminuait le nombre de bières qu'ils avaient emportées. Je restai éveillé tout au long de la petite fête, dormant les yeux ouverts en attendant leur départ.

Une heure après, une nouvelle bande de copains moins bruyants que les précédents prit le relais au même endroit, alors que le tonnerre commençait à gronder. Un soudain déluge força les six amis à courir pour se réfugier dans la grange. Je les avais comptés en me fiant au nombre de voix que j'avais réussi à distinguer. Le lointain projecteur illuminait mon abri. J'étais tapi dans l'ombre, invisible. Je m'étais habillé à la hâte à l'intérieur de mon sac de couchage et j'attendais assis, prêt à bondir, la main posée sur le manche à balai qui faisait office de béquille pour mon vélo.

En se rapprochant, les jeunes m'avaient aperçu et

s'étaient arrêtés net sous la pluie. Ils parlaient à voix basse en s'interrogeant sur le comportement à adopter. « On va dans la voiture ? » entendis-je. L'orage de plus en plus violent les en dissuada. Ils pénétrèrent dans la bâtisse sans un mot en jetant de brefs coups d'œil dans ma direction. Ils s'étaient réfugiés dans la pénombre, dans le coin opposé. Devenu nyctalope à force de passer toutes mes soirées dans le noir, je n'avais aucun mal à les distinguer. Immobile et aux aguets, je restais assis à l'intérieur de mon duvet. La méfiance était palpable dans les deux camps. Les secondes se transformèrent en minutes, les minutes en heures. Ils restèrent silencieux un long moment.

Ils s'étaient remis à chuchoter et je pris la température de leurs échanges afin d'apprécier la personnalité du groupe. Concluant qu'ils étaient inoffensifs, je décidai d'aller vers eux. Alors que je sortais de mon couchage, leur discussion s'arrêta brutalement. J'enfilai mes chaussures, me levai, et, en parcourant les quelques mètres qui me séparaient d'eux, je lançai :

— Puisque nous sommes ensemble, autant se parler et faire connaissance, vous ne croyez pas ? Comment allez-vous ?

La tension retomba un peu et les moins timides du groupe osèrent me répondre pendant que les autres restaient silencieux, assommés par la marijuana qu'ils étaient venus fumer. Leurs joints finis, les amis décidèrent de ne pas s'éterniser, effet que j'avais escompté en intervenant, plutôt que d'attendre dans mon coin comme un prédateur à l'affût.

À peine avaient-ils quitté la grange que je m'étais rendormi. Longue journée…

Jour 12

La maison de poupée

La nuit avait été si courte, le sommeil si léger, la récupération tellement inexistante, que je rêvais de bivouac en forêt, de silence et de chants d'oiseaux pour me réveiller, de face à face avec la nature pour me ressourcer. Bientôt...

Après s'être déchaînée sur moi sans relâche durant près de deux semaines, la pluie m'offrit une journée de répit que je n'espérais plus. Même le vent me poussait vers mon but, comme pour récompenser mes efforts intenses. Je remerciai les éléments de leur clémence et de leur aide.

Les conditions étaient parfaites et m'avaient permis d'avancer avec une efficacité inattendue, d'autant que j'avais longtemps profité de l'aspiration d'un autre cycliste pour conclure la journée. Nous avions pédalé tambour battant dans une interminable ligne droite où j'avais déployé le peu d'énergie qu'il me restait sans chercher à m'économiser, puis il m'avait abandonné en traversant son village.

Sur le faux plat montant où je me retrouvais seul face au vent à la suite d'un grand virage, je ne parvenais plus à avancer. Mes jambes refusaient d'appuyer sur les pédales. La distance qui me séparait du ferry n'était plus très importante, mais je décidai de garder les quelques dizaines de kilomètres qu'il me restait à parcourir pour le lendemain. Mes cuisses brûlantes me remercièrent. Malgré le grand soleil qui avait, enfin, fait son apparition, je ne dérogeai pas au principe que je m'étais fixé et partis en quête de mon dernier toit, en espérant conclure ce voyage sur une note positive.

Les fermes que je visitai de manière routinière me refusèrent leur aide avec une mauvaise foi évidente. Les lieux où j'aurais pu dormir se trouvaient là, sous mes yeux. Un mobil-home par-ci. Un hangar par-là. Les abris ne manquaient pas et je les mentionnais sans pour autant parvenir à convaincre leurs propriétaires de me les prêter. Je ne pouvais pas les blâmer. J'avais établi mes propres règles en décidant de venir dans les îles Britanniques avec une tente de piètre qualité, puis de ne plus la planter. Je devais assumer mes choix sans rejeter la faute sur les autres ni les juger durement.

Je me mettais à la place des inconnus chez qui je tentais de m'inviter chaque soir. Si j'avais été un sédentaire n'ayant jamais voyagé, aurais-je ouvert ma maison si facilement ? Moi, j'étais habitué à cette pratique depuis de nombreuses années, mais ceux chez qui j'arrivais à l'improviste étaient, eux, pris par surprise. Et je ne pouvais pas nier que je m'étais toujours trouvé du bon côté de la porte.

Mais, attendez. À tout bien y réfléchir, j'avais été hébergé partout dans le monde par des gens qui n'avaient pas de place pour me faire dormir chez eux, mais qui en avaient trouvé. Et si l'entraide, de quelque type qu'elle soit, n'était qu'une question de personnalité et de volonté ? Le simple désir d'aider les autres pouvait-il nous doter du pouvoir magique de transformer un plat de pâtes en repas gastronomique, un fond de placard en hôtel quatre étoiles, une averse en sourire ?

Trouver le dernier abri de ce voyage revenait à rencontrer les bonnes personnes. Et comme la vie est bien faite, l'occasion se présenta plus tôt que je n'aurais pu l'imaginer.

J'abordai Yann et sa femme qui se trouvaient dans leur jardin. Ils ne semblèrent pas choqués par ma démarche malgré leurs trois enfants en bas âge. Ils s'intéressèrent à mon voyage et firent de flagrants efforts pour se creuser les méninges et me dégoter l'endroit de mes rêves, même s'ils manquaient d'idées. Pendant ce temps, leurs deux fillettes gambadaient entre la balançoire et le toboggan sur lequel elles avaient installé leurs poupons. Cathy tenait dans ses bras le dernier-né de la famille en tentant, non sans peine, de lui faire avaler une purée verdâtre. Je venais de rencontrer le couple idéal mais, manque de chance, la réflexion s'enfonçait dans une impasse. J'étais un peu déçu.

Depuis un moment, j'avais une idée précise de l'abri dans lequel j'aurais aimé dormir, le rose éclatant de sa façade me sautant aux yeux. Je ne pouvais m'empêcher de l'observer par-dessus l'épaule de Yann, mais pour une fois je fis preuve de retenue. J'attendais l'issue de la discussion avant d'en parler. Peut-être.

Le fait qu'ils aient de très jeunes enfants me faisait agir avec prudence. Je ne voulais pas imposer ma présence, redoutant, même si je ne décelais pas une once de peur ou d'agressivité dans le comportement de Cathy, de la voir réagir comme une lionne protégeant ses bébés si je lui donnais l'impression d'être intrusif. De plus, je la sentais pressée de partir.

Un moment de flottement s'était installé. Les époux échangeaient à voix basse et je reculai de quelques pas pour respecter leur intimité. Quelque chose était en train de se tramer : j'attendais la sentence.

— Sinon il y a Wendy, me lança finalement Yann.

— Wendy ? C'est qui Wendy ?

— Wendy n'est pas quelqu'un, c'est quelque chose, dit-il en riant. Wendy, c'est le nom de la maison de poupée des filles.

Il me désigna le petit chalet dont je connaissais, bien sûr, l'emplacement.

— Ce n'est pas très grand, dit Cathy, mais au moins tu seras au sec. Il y a même un lit à l'intérieur, ajouta-t-elle en riant elle aussi, mais je ne suis pas sûre que tu puisses t'y allonger complètement.

J'acceptai l'offre sans l'ombre d'une hésitation et avouai en toute franchise :

— Je l'avais remarqué sans oser vous en parler.

L'affaire était conclue : ils me firent pénétrer dans le jardin sans attendre.

— En revanche, nous sommes désolés, nous allons

devoir t'abandonner. Nous étions sur le point de partir quand tu es arrivé. Mais ce n'est pas grave, tu n'as qu'à t'installer et faire comme chez toi. Nous serons de retour dans la soirée.

La confiance qu'ils m'accordaient était un cadeau encore plus inestimable que le chalet qu'ils m'offraient.

— À plus tard, Bastien.

— Merci à vous, à tout à l'heure.

Je m'amusai bien dans ma maison de poupée. Je la réorganisai pour y rentrer mes bagages, car force était de constater que les fillettes n'avaient pas un grand sens de l'organisation. Plongé dans un monde miniature, je préparai le repas — en utilisant ma popote, pas la dînette en plastique — sur la toute petite table basse que j'avais installée à l'abri du vent. La guirlande lumineuse qui surplombait la porte donnait un air féerique au cube de bois qui me servait à la fois de cuisine, de salon, de salle à manger et de chambre à coucher. La nuit était tombée. Je tirai les rideaux puis, sans aucune préoccupation et le ventre plein, je dépliai mon matelas sur le sol. Je me couchai en écoutant une douce musique, le corps et le cœur paisible. J'avais réussi.

Un diaporama défilait devant mes paupières fermées. Je revoyais, un à un, les endroits où j'avais dormi ces deux dernières semaines. Les visages de celles et ceux qui m'avaient aidé resurgissaient aussi et, à cette vision, je revivais les émotions. Anne et sa sœur jumelle m'avaient fasciné par leur énergie communicative et leur bienfaisante empathie. Joe, le psychologue et dirigeant du stade de *hurling*, m'avait ému par ses pensées humanistes. Simon, calme et apaisant, m'avait attendri en me transportant en toute simplicité. Allan, lui, m'avait réchauffé le cœur et le corps grâce à son poêle à bois miraculeux. Sarah, la couturière, m'avait hypnotisé de ses gestes précis, de sa voix douce et de son aura. Anna et Martin, quant à eux, avaient gagné mon respect et mon admiration en affrontant leurs peurs, lorsqu'ils étaient venus me rechercher sur la route. Et que dire de Phil et Roz, ceux avec qui j'avais passé le plus de temps ? Si l'on me certifiait que je serais comme eux à leur âge, je signerais tout de suite ! Au fond, je n'avais qu'un seul léger regret : celui de ne pas avoir pu échanger davantage avec toutes les autres personnes formidables qui m'avaient hébergé. J'aurais été heureux de discuter plus longuement avec elles pour les remercier de leur aide. Malgré la fatigue, il y aura toujours au fond de moi de l'énergie dans laquelle je pourrai puiser pour un moment de partage.

Un bruit de moteur me sortit de ma rêverie. J'ouvris la porte du chalet pour saluer et remercier la famille qui traversait le jardin dans l'obscurité.

— Tout va bien, Bastien ?

— Oui, oui, ne vous inquiétez pas.

Je refermai la porte de ma petite maison pendant qu'ils entraient dans la leur. Je pensais à la Grèce, à la douceur des effluves méditerranéens, à mon vélo et à ma tente bien aimée que j'avais hâte de retrouver.

Une demi-heure plus tard, quelqu'un approchait discrètement. C'était Yann.

— Bastien, tu dors ?

— Non.

— Ça te dirait de boire quelques bières avec moi ?

— Si tu me prends par les sentiments !

Je sortis de mon duvet sans me faire prier, enfilai une veste chaude pour le rejoindre à l'extérieur et nous nous installâmes sur la microscopique terrasse pour trinquer à la vie.

Nous nous lançâmes dans une discussion sans queue ni tête. J'écoutai Yann me parler de son travail, de la modernité, de loyer à payer, mais surtout de ses enfants et du bonheur qu'ils lui procuraient. Son mode de vie ne me faisait pas très envie, mais, malgré les difficultés, il lui apportait son lot de joies : Yann aimait sa vie.

À mon tour, je lui fis part des obstacles que je rencontrais dans la mienne : la rudesse de la météo, l'inconfort, le manque de la famille parfois, etc. Mais moi aussi j'aimais ma vie et, ce soir comme tous les autres, j'appréciais l'instant présent. J'étais simplement heureux de ce moment d'intimité sous les étoiles avec un inconnu, et je le lui dis.

Dans cette bulle hors du temps, nous nous étions écoutés, nos vies s'étaient mélangées et nous avions ri à gorge déployée. L'espace d'une soirée, nous avions participé à la création d'un monde plus harmonieux en partageant de la Joie et de la Bienveillance.

Épilogue

Je n'avais eu que quelques coups de pédale à donner pour rejoindre le port de Douvres et embarquer sur mon ferry. Pensif, je réalisai la traversée avec la sensation que le temps s'était arrêté. J'étais au carrefour de deux aventures : l'une, humide, venait de s'achever ; une nouvelle débutait et j'étais impatient de savoir ce qu'elle allait me réserver...

En posant le pied sur le sol français, je ne pensais qu'à une chose : me trouver un coin de nature agréable où aller planter la tente, le temps d'une soirée. S'il se mettait à pleuvoir et que je me retrouvais inondé, cela n'avait plus d'importance, car je savais que le lendemain je sécherais à quelques encablures de là, chez mes parents.

Assis à l'entrée de ma tente que je redécouvrais, je regardais passer les péniches sur le canal au bord duquel je m'étais installé. À l'abri de la pluie sous les arbres, j'écoutais le bruissement des feuilles qui me berçait, quand un gros chien approcha. C'était encore un Rottweiler. Je n'aime toujours pas les chiens qui s'intéressent à moi de trop près. Son maître entra dans mon champ de vision tout sourire et, cette fois, rappela immédiatement l'animal. L'homme me questionna sur mes voyages et je lui fis part de mon insatiable besoin de liberté, résumant aussi mon périple britannique.

— Tu n'es pas le seul à fuir et à rechercher la liberté, tu sais. Depuis des années, sur toute la Côte d'Opale, des migrants s'entassent dans des camps insalubres. Toutes les semaines, des réfugiés sont rescapés alors qu'ils tentaient, à bord de bateaux pneumatiques, de rejoindre l'Angleterre. La pluie qu'ils pourraient y trouver est le cadet de leurs soucis. Ils fuient les guerres et les persécutions de leurs pays respectifs.

Deux semaines reposantes en famille s'étaient écoulées. J'étais sur le point de me remettre en route pour la Grèce afin d'aller récupérer mon équipement. Grâce à la liberté que m'octroyait mon passeport français, j'allais poursuivre mon exploration du Vieux Continent là où je l'avais abandonnée, quand une terrible nouvelle fit la une des journaux : un poids lourd qui avait traversé l'Europe, puis la Manche, venait de débarquer en Angleterre. Dans l'énorme remorque du camion frigorifique, trente-neuf corps inanimés avaient été retrouvés. Tous étaient des exilés qui rêvaient d'entrer dans ce pays pluvieux que j'étais, moi, si content d'avoir quitté.

Deux mois plus tard, alors que je me baladais dans les montagnes helléniques, de fortes chutes de neige avaient bloqué la route du col que je m'apprêtais à franchir, m'empêchant d'avancer. Je rencontrai un groupe de réfugiés qui me proposèrent spontanément de dormir chez eux. Dès mon arrivée, ils avaient déclaré : « Ici, tu ne fais pas comme chez toi, tu ES chez toi ». Ils vivaient dans une maison vétuste et glaciale, sans chauffage, sans eau potable si ce n'était l'eau de pluie récupérée dans une cuve. Yahia, Hisham et Hassan étaient tous trois plus jeunes que moi. Âgés respectivement de 25, 28 et 30 ans, ils avaient quitté la Syrie et l'Irak depuis plus de trois ans, cinq pour deux d'entre eux. C'était fuir ou mourir. L'un était clandestin, sans papiers, sans issue. Un autre avait le corps criblé d'éclats d'obus, tandis que le troisième, qui avait encore une peau de bébé, s'amusait comme un enfant dans la neige, qu'il voyait pour la première fois de sa vie. Les traits du visage tirés, tous paraissaient plus vieux que leur âge, épuisés par des années de peur et d'errance, sans perspective d'avenir. Pourtant, malgré leurs conditions de vie difficiles, ils n'avaient pas hésité une seule seconde à me faire entrer chez eux, dans la maison où ils attendaient de meilleurs lendemains. Tous les trois, comme tant d'autres, n'avaient qu'une seule idée en tête : rejoindre coûte que coûte l'Angleterre. Destins croisés.

Attendez, ne partez pas si vite !

N'avez-vous pas envie de découvrir où j'ai dormi ?

Pour cela, rien de plus simple. Je vous donne rendez-vous sur mon site Internet où les photos de mes refuges salutaires vous attendent, tout comme mes autres livres.

Visitez le site :
https://bastiendelesalle.com

Vous pouvez aussi suivre mon actualité et mes aventures sur tous les réseaux sociaux, en cherchant Bastien Delesalle.

REMERCIEMENTS

Ce livre a été conçu au Royaume-Uni. Il est le fruit des amours d'un cycliste épris de liberté et de son vélo.

L'embryon de ce récit s'est développé dans le ventre de l'Europe, au fil des kilomètres et des frontières traversées. Sitôt, des inconnus de toutes nationalités ont voulu consulter la liste des cadeaux de naissance. Avec une extrême gentillesse, ils m'ont chacun offert quelques heures d'électricité et toujours le café le temps de recharger la batterie de mon ordinateur, avant que je ne reparte écrire sous ma tente.

Lorsque les premiers examens médicaux se sont révélés alarmants et que les spécialistes ont décrété qu'il me faudrait passer quelques mois confiné, Pascale et sa famille m'ont accueilli dans un cadre idyllique. Leur lieu inspirant a permis à cet ouvrage de vivre une grossesse paisible et de préparer sa venue en toute sérénité. Aux gîtes écologiques de l'Aiolo, coule une vie simple et généreuse.

Au moment des premières contractions — c'était une fausse alerte — la famille Vilaça, rencontrée dans un train au Maroc, a su calmer mes inquiétudes. Alors que j'étais empli de doutes — parce qu'un premier bébé c'est tout un événement — Carole, qui avait déjà donné naissance à deux beaux enfants, m'a écouté avec patience, puis donné une honnête opinion au sujet de certains passages, chaque fois que je la lui réclamais. *Inch'Allah.*

Durant les derniers jours de grossesse où je ne dormais plus, mes lecteurs d'Or ont été particulièrement présents. Leur soutien indéfectible a été pour moi une rampe de lancement formidable. En acceptant de me lire et de me remettre dans le droit chemin chaque fois que je me fourvoyais, ils ont su transformer la peur de me confronter au public en impatience de le faire.

Éric, le plus rapide, était l'un d'entre eux. Je l'ai rencontré dans une bibliothèque, celle d'Ancenis, sur le parcours de la Loire à vélo. Lorsque je lui ai proposé le manuscrit, il l'a accepté, lu et critiqué en une journée.

Aurelle, quant à elle, a dévoré le livre en un après-midi, incapable de le reposer avant de l'avoir terminé. Sur ma route vers l'Andorre, elle m'avait fait confiance les yeux fermés en me prêtant sa maison, alors qu'elle n'y était pas présente.

Loïc, l'un de mes beaux-frères, dont les remarques furent impitoyables mais redoutablement constructives, m'a permis, grâce à sa franchise douce et bienveillante, de rendre cette aventure plus juste, plus humaine encore qu'elle ne l'était. Depuis toujours, chaque parole qu'il m'adresse fait de moi un homme meilleur.

Mon amie Emma, elle, s'est investie corps et âme, avec

le perfectionnisme qui nous lie, pour me faire progresser. Sa collaboration à l'élaboration de la quatrième de couverture fut une aide précieuse, tout comme celle de Philippe pour la composition photographique.

À vous cinq, qui avez été d'un appui moral extraordinaire, merci pour votre temps et vos critiques pertinentes. J'ai puisé en vous la force d'aller au bout de cette aventure, mot après mot. Je vous invite au baptême.

Puis, quand le moment tant attendu mais aussi tant redouté de l'accouchement a approché, j'ai pu compter sur un « sage-homme » pour me guider. Outre son travail de correction, il m'a prodigué de précieux conseils et transmis ses connaissances, transformant ce moment angoissant en instant délicieux. Éric Bentz, je ne te remercierai jamais assez de m'avoir aidé à mettre le pied à l'étrier.

À vous tous, qui m'avez accompagné dans ce voyage d'écriture, j'adresse d'innombrables mercis. Acceptez mon infini respect et ma profonde gratitude.

Je n'oublie pas de remercier tous les Britanniques qui m'ont tendu la main ou hébergé et grâce auxquels cet épisode pluvieux est devenu une épopée littéraire agréable. Sans eux, cette histoire n'existerait pas.

Au terme de neuf mois de travail, un dernier effort, une dernière poussée — pas sur les pédales cette fois — puis ce fut le soulagement. *FUITE* était né. C'est un adorable petit livre qui ne demande plus qu'à découvrir la vie. Il mesure 14,8 x 21 cm, pèse 243 g et ressemble à son papa...

*

*   *

Deux ans plus tard, la famille s'est agrandie avec l'arrivée de mes jumeaux *Le virage* et *(Re)naissance d'un nomade*. Le papa solo que je suis s'est retrouvé débordé et Sonia est venue me soutenir dans les moments de fatigue. Alors que *FUITE* avait fait ses premiers pas dans la vie et dans les librairies, qu'il balbutiait déjà quelques mots, elle l'a aidé à s'exprimer. Grâce à sa grande maîtrise de la langue française et une nouvelle correction, à la virgule près, elle s'est avérée une nounou hors-pair, à la hauteur du certificat Voltaire. Elle a répondu à la perfection aux nouveaux besoins de mon aîné. Merci pour ta présence maternelle, ton investissement et ta jovialité.

SOMMAIRE

Cet ouvrage a été achevé d'imprimer en novembre 2024
dans les ateliers de Normandie Roto Impression s.a.s.
61250 Lonrai (Orne)
N° d'imprimeur : 2405255

Imprimé en France

PEFC
10-31-2541
Promouvoir la gestion durable de la forêt
www.pefc-france.org